U0940160

若无相欠，怎会相见

——13对民国才情恋人的缱绻情书集

精装纪念版

江苏凤凰文艺出版社
JIANGSU PHOENIX LITERATURE AND ART PUBLISHING, LTD

图书在版编目(CIP)数据

若无相欠，怎会相见 ：精装纪念版 / 桑妮著. --
南京：江苏凤凰文艺出版社，2016

ISBN 978-7-5399-9200-6

Ⅰ. ①若… Ⅱ. ①桑… Ⅲ. ①书信集－中国－现代
Ⅳ. ①I266.5

中国版本图书馆CIP数据核字(2016)第083838号

书　　名　若无相欠，怎会相见：精装纪念版
作　　者　桑　妮
出版统筹　黄小初　侯　开
选题策划　杨　琴
责任编辑　姚　丽
责任监制　刘　巍　江伟明
出版发行　凤凰出版传媒股份有限公司
　　　　　江苏凤凰文艺出版社
出版社地址　南京市中央路165号，邮编：210009
出版社网址　http://www.jswenyi.com
经　　销　凤凰出版传媒股份有限公司
印　　刷　北京旭丰源印刷技术有限公司
开　　本　880×1230毫米 1/32
字　　数　160千字
印　　张　9
版　　次　2016年6月第1版，2018年8月第4次印刷
标准书号　ISBN 978-7-5399-9200-6
定　　价　59.00元

在遇到她以前，我从未想过结婚的事；和她在一起这么多年，从未后悔过娶她做妻子；也从未想过娶别的女人。

——钱锺书　致　杨绛

接到你的信，真快活，风和日暖，令人愿意永远活下去。世上一切算什么，只要有你。

——朱生豪　致　宋清如

满山秋色关不住，一片红叶寄相思。

——高君宇　致　石评梅

世上但凡有一句话，一件事，是关于张爱玲的，便皆成为好。

——胡兰成　致　张爱玲

我爱你朴素，不爱你奢华。你穿上一件蓝布袍，你的眉目间就有一种特异的光彩，我看了心里就觉着无可名状的欢喜。

——徐志摩　致　陆小曼

在过去悠长的岁月里，我从未忘记过你……

——胡适　致　韦莲司

一见你的眼睛，我便清醒起来，我更喜欢看你那晕红的双腮，黄昏时的霞彩似的，谢谢你给我力量。

——朱自清　致　陈竹隐

我那么温柔专一地爱过你，我一点也不愿使你难过悲伤，愿上帝给你另一个人，也像我爱你一样……

——王剑虹　致　瞿秋白

我行过许多地方的桥，看过许多次的云，喝过许多种类的酒，却只爱过一个正当最好年龄的人。

——沈从文　致　张兆和

我遇见你，你遇见我，我俩相逢像传奇。你靠近我，我靠近你，我俩从此不分离。我愿你在我走前唱给我听。要音乐伴奏？我的心颤动声，我的叹息声，还不够么？

——梁实秋　致　韩菁清

我非常爱你，也就是爱你的这一意念，促使我勇敢地去死呀。

——林觉民　致　陈意映

我也当平心和气，度过预定的时光，不使小刺猬忧虑。

——鲁迅　致　许广平

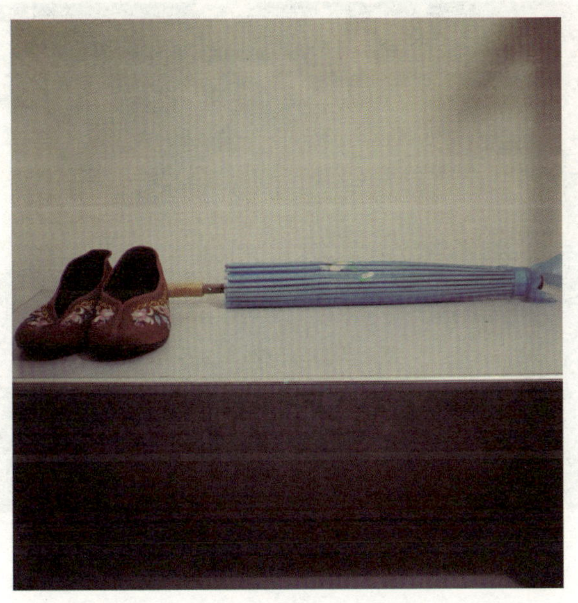

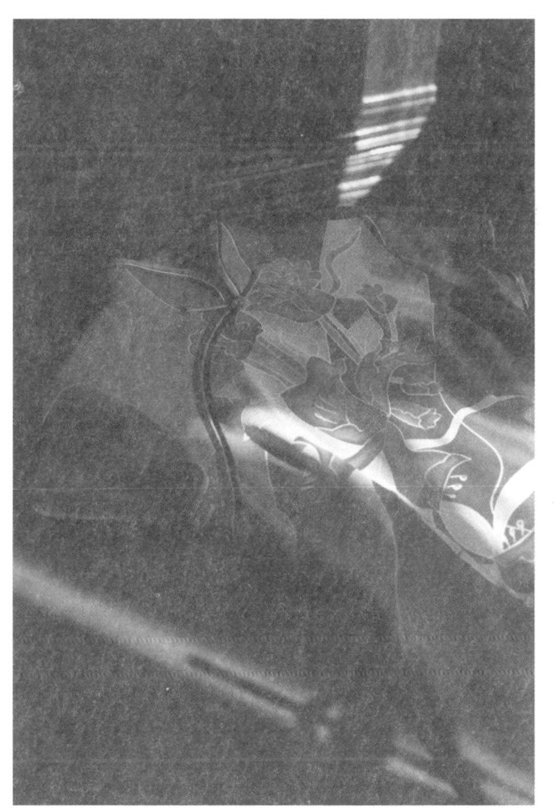

目录
contents

序：爱情来过，最后留下琥珀 001

文 / 苏辛

只爱过一个正当最好年龄的人 005

沈从文 to 张兆和

一桩风花雪月的事 025

郁达夫 to 王映霞

一个诗人的爱情：我爱朴素的你 045

徐志摩 to 陆小曼

愿我爱你，像你爱我 067

梁实秋 to 韩菁清

愿上帝给你另一个人，也像我爱你一样 089

瞿秋白 to 王剑虹

这一世的美好，皆因一个你 109

胡兰成 to 张爱玲

爱到最后，却成了最亲密的老友 129

胡适 to 韦莲司

世上一切算什么，只要有你 149

朱生豪 to 宋清如

你是我幸福的所有理由 169

钱锺书 to 杨绛

莫要以爱的名义，拒绝爱 187

高君宇 to 石评梅

只愿天下情侣，不再有泪如你 207

林觉民 to 陈意映

一见你的眼睛，我便清醒过来 227

朱自清 to 陈竹隐

相爱是肯给对方看自己的灵魂 245

鲁迅 to 许广平

愿在爱中不幸福的你，清醒及改变。

因为爱情本身，就是圆满欢喜。

——桑妮

爱情来过，最后留下琥珀

——苏辛

序

爱情来过，最后留下琥珀

文 / 苏辛

爱情来时，每个人都会成为诗人，而原本就是诗人的人，则会成为情话专家，金句文豪。此时他们说出的话，写出的句子，每个字都发着金光，带着火焰，浸着蜜糖，光明，热烈，甜蜜到甚至发腻。

2014 年底，曾被朱生豪那句“醒来觉得甚是爱你”刷屏：微博、微信朋友圈、豆瓣……几乎随处可见。再早点，听过沈从文向张兆和表白：“我行过许多地方的桥，看过许多次的云，喝过许多种类的酒，却只爱过一个正当最好年龄的人。”更早时，一见不忘的是张爱玲写给胡兰成的八个字：“因为懂得，所以慈悲”。恋人们说给彼此的话总是美的，而这些天生对文字就极致敏感的人说的情话，更因富有文采和感情，激起我们心头普遍的感动，从而广泛流传。日本人相信语言本身就有力量，称之为“言灵”，而包含真情说出的话，也确实在数十年数百年后，依然保存着这份感动人心的能力。

桑妮在这本《若无相欠，怎会相见——13对民国才情恋人的缱绻情书集》中，摹写了13对中国近代史上最被瞩目的情侣，他们的情事缤纷瑰奇，情话更是镂金错彩，可以视为情场表率。

这13对情侣几乎囊括了恋人类型的典范：

沈从文对张兆和的单恋、苦恋，终至婚恋成家；郁达夫与王映霞热烈的激情之恋；徐志摩与陆小曼的郎才女貌；梁实秋和韩菁清的老夫少妻；瞿秋白与王剑虹的志同道合；胡兰成和张爱玲的才情之遇；胡适与韦莲司的终生“发乎情止乎礼”；朱生豪与宋清如的肝胆相照；钱锺书与杨绛“夫妻、情人、知己”的完美感情；高君宇与石评梅因旧伤而错过的刻骨纠结；林觉民留下陈意映独自面对人生的大爱；陈竹隐因爱而承担起朱自清前妻留下的6个孩子的抚养重任，与朱自清共度清苦生活的坦然；许广平为鲁迅隐去自己身上曾迸现的文学之光，专注打理他一切生活细节的奉献……在情话之光褪去后，现实以粗糙的质地对这些璧人进行磨砺：

娇嫩的恋情被磨损殆尽，而朴素坚韧的，却被抛光，焕发出温润光泽。

后人看前人的恋情，总免不了臆测和苛求：沈从文说他只爱过一个正当最好年龄的人，婚后却也对高青子动过心；郁达夫说："我从没有这样地爱过人，我的爱是无条件的，是可以牺牲一切的，是如猛火电光，非烧尽社会，烧尽自身不可的。"后来只因王映霞离家出走，就悍然登报"警告逃妻"；徐志摩谆谆对陆小曼叮嘱："我爱你朴素，不爱你奢华。你穿上一件蓝布袍，你的眉目间就有一种特异的光彩，我看了心里就觉着无可名状的欢喜。"传言中还是为了满足陆小曼的奢侈物欲终年奔波操劳，并颇有烦言……看到理想中圆满的爱情如此被蚀坏，我们难免觉得失望——那些炫目的情话，终究只是说说的吧，终究是不可相信的吧。

但，人，就只是凡人而已。我们这些凡人，渴望巨大的激情、纯粹的信念、无瑕的人生，在激情燃烧的瞬间，我们真的可以献出生命，在所不惜，却克服不了漫长人生中那些啃啮性的小烦恼。

这些美好的话，说出的时候，都是真诚的，因为激情之火容不下虚伪的东西。

这些美好的情侣，相爱的时候也是真正相爱的，被岁月磨蚀终究分开，也无损于当时的真诚。

当日子过去，岁月漫漫，人在历史中越走越远，他们的恋情也逐渐弥散，这些动人的情话却还留在人间——

是一颗颗琥珀，甚至是虫珀。

低头检视，你甚至可以看见，他们当时欢喜、笑泪、挣扎、彷徨时留下的划痕。

只爱过一个正当最好年龄的人

沈从文 & 张兆和

强扭的瓜不甜，能够在一起生活一辈子，真心不一定就是幸福；以白头偕老来衡量伉俪情深实在过于片面。

试想，如若一切都美好，世间便不再浮躁，情便是最易产生却也最难坚持的东西。

如合影、留念、定格、时间，不羁、流年！

最美情话

◎“我不知怎么忽然爱上了你！”

◎“别人对我无意中念到你的名字，我心就抖战，身就沁汗！并不当着别人，只是在那有星子的夜里，我才敢低低喊你的名字。”

◎“我行过许多地方的桥，看过许多次的云，喝过许多种类的酒，却只爱过一个正当最好年龄的人。”

◎“如果我爱你是你的不幸，你这不幸是同我的生命一样长久的！”

◎“我希望我能学做一个男子，爱你却不再来麻烦你。我爱你一天总是要认真生活一天，也极力免除你不安的一天。为着这个世界上有我永远倾心的人在，我一定要努力切实做个人的。”

◎“我曾做过可笑的努力，极力去同另外一些人要好，到别人崇拜我愿意做我的奴隶时，我才明白，我不是一个首领，用不着别的女人用奴隶的心来服侍我，但我却愿意自己做奴隶，献上自己的心，给我爱的人。我说我很顽固的爱你，这种话到现在还不能用别的话来代替，就因为这是我的奴性。”

◎“望着北平高空明蓝的天，使人只想下跪，你给我的影响恰如这天空，距离得那么远。我日里望着，晚上做梦，总梦着生着翅膀，向上飞举。三三，莫生我的气，许我在梦里，用嘴吻你的脚，我的自卑处，是觉得如一个奴隶蹲下用嘴接近你的脚，也近于十分亵渎了你的。”

◎“一个女子在诗人的诗中，永远不会老去，但诗人他自己却老去了。我想到这些，我十分忧郁了。”

◎“一个白日带走了一点青春，日子虽不能毁坏我印象里你所给我的光明，却慢慢地使我不同了。”

他和她的爱情

只爱过一个最好年龄的人

“我行过许多地方的桥，看过许多次的云，喝过许多种类的酒，却只爱过一个正当最好年龄的人。”

每当看到这种美好的句子，都会想起那十四岁剃发即入主布达拉宫的六世达赖仓央嘉措来。他曾写过这样抵死缠绵的诗句来表达他那颗爱欲之心：“愿与卿结百年好，不惜金屋备藏娇。一似碧渊水晶宫，储得珍稀与奇宝。”即便后来他被废黜，却仍执迷于“只为途中与你相见”的爱欲红尘中。可见，红尘里的情爱是如佳期美梦般让人没有拒绝的力量。

那时的多情诗人沈从文，就好像仓央嘉措这般心底始终怀揣着抵死缠绵的爱欲之心。

1929 年，沈从文开始了对自己爱情的漫长追求，并在三年九个月的时间里为那心中的姑娘写下了大量绵密的情书。在那些如狂风暴雨一般袭来的情书里，他毫不掩饰地将自己摆在一个奴隶的位置，近乎卑微地爱着她，把她视为自己顶礼膜拜的女神。

“一个女子在诗人的诗中，永远不会老去，但诗人他自己却老去了。我想到这些，我十分忧郁了。”这句诗句，我每次读起都甚觉心凉的。我会想起看过的相关片段：那时，当诗中的女子在现实里老去的时候，有人指着“他”的肖像问病床上的她，“认识吗？”“好像见过。”又说，“我肯定认识。”可是，这么说着的她却再也说不出“他”的名字。这是2003年的春天，张兆和九十三岁，此时“思维虽不再明晰，记忆也显得模糊，但仍可以本能地与人简单对话”。

一个月后，她溘然长逝。

只是，我一直都想问的是，在她闭眼的那刻，她是否还记得那个人，那个给她写下过那么多那么多如同鸢尾一般迷人的句子，那个与她携手共度五十五载岁月的男人？

她是否还记得？

（一）不甘只作看花人

沈从文是在上海吴淞中国公学任职时，遇见张兆和的，当时，他是老师，张兆和是他的学生。

初踏上大学讲台的沈从文，有着说不出的局促，面对那么多陌生的面孔，紧张得红着一张脸说不出话。最后，只好在黑板上写下“请给我五分钟”，之后才开始讲课。这一经历，还被张兆和当作笑话说给了二姐张允和来听。

与沈从文相差八岁之多的张兆和，真的是不能对沈从文做到师长般的崇拜。虽然，当时的沈从文在文学上的造诣已令许多大家称赞不已，在中国文坛上也引起了不小的轰动，但是在贵族家的闺秀张兆和的眼里，操着浓重湖南口音的沈从文，不就是个小学文凭，大兵出身，又一穷二白的书生吗？

这绝对是入不了她这白富美的眼的。

只是情海激荡，她不爱他，并不能够阻止得了他爱她、追求她的脚步。

那时张兆和的追求者，是可以用箩筐来计算的。调皮的她，还将这些追求者们一一给了“青蛙”的编号，沈从文交出写着“不知道为什么我忽然爱上了你”这第一封情书给她的时候，她便立即将他编为“青蛙 13 号”，未做出任何与其他追求者不同的举动。在她的眼里，他不过是她众多追求者中的一个，并无什么高大上之处。

她最初的不接受，并没有让沈从文放弃或气馁，他的追求反而更热烈了，一封封滚烫的情书源源不断地从他手中涌现出来。见此光景，二姐张允和忍不住调侃起来，说这些信“要是从邮局寄，都得超重” 。而张兆和面对如此多的情书，非但没有丝毫感动或心动，反倒是烦了，说：“又接到一封没有署名的 S 先生（沈的代号）的来信，没头没脑的，真叫人难受！”

与张兆和的“轻视”相对比，沈从文的痴情倒让人觉得心疼了。他病了，因为痴爱得不到回应，病到完全不能自控的地步，用他自己的话说，“男子爱而变成糊涂东西，是任何教育不能使他变聪敏一点，除非那爱不诚实。”爱了便疯魔，他是那种为爱而生的痴情男子，所以他会“想到所爱的一个人的时候，血就流走得快了许多，全身就发热作寒，听到旁人提到这人的名字，就似乎又十分害怕，又十分快乐”。

痛并快乐着，也许就是他始终放不下爱她的缘由。如同吸食鸦片一般，会上瘾。虽然痛，但是快乐却是至为无以抵抗的。

因为爱她，他开始无自尊地写下那些呓语般的情话：

“莫生我的气，许我在梦里，用嘴吻你的脚，我的自卑处，是觉得如一个奴隶蹲下用嘴接近你的脚，也近于十分亵渎了你的。”

“爱情使男人变成傻子的同时，也变成了奴隶！不过，有幸碰到让你甘心做奴隶的女人，你也就不枉来这人世间走一遭。做奴隶算什么？就是做牛做马，或被五马分尸、大卸八块，你也是应该豁出去的！”

后来，他便软硬兼施起来。张兆和在 1930 年 7 月 8 日的日记中写道：“他对莲（张兆和的室友）说，如果得到使他失败的消息，他只有两条路可走，一条是刻苦自己，使自己向上，这是一条积极的路，但多半是不走这条的，另一条有两条分支，一是自杀，一是，他说，说得含含糊糊，‘我不是说恐吓话……我总是的，总会出一口气的！’出什么气呢？要闹得我和他同归于尽吗？那简直是小孩子的气量了！我想了想，我不怕！”

这样的他，有点发赖了，爱得着了魔，变得疯狂得有点让人看不起了。试想，有几个女孩子会喜欢这样下跪、寻死、甘做奴隶的男人呢？过去，张兆和不愿意，当今的女孩子更是会不愿的、排斥的，要远离的。

也只有他，因为爱她，就那么不管不顾地，擎着三十好几岁的年龄，单纯得像个孩子般地如大雨滂沱般地深爱着!

（二）爱情的“甜酒”

沈从文这番寻死觅活的爱情，在当时引起了不小的轰动。大家纷纷议论着，这让家世清白的张兆和有些吃不消了。

于是，她跑到校长胡适那儿去告状。可胡适那会儿正想着撮合他们这对才子佳人呢。他一边夸奖沈从文是个难得的天才，一边说同为安徽老乡，愿意出面去向张父说媒，并强调了沈从文对她的痴迷程度，说“我知道沈从文顽固地爱你”！张兆和则脱口而出道：“我顽固地不爱他。”

见识了张兆和的顽固，胡适在一片错愕和惋惜中给沈从文去信道：“这个女子不能了解你，更不能了解你的爱，你错用情了。爱情不过是人生的一件事（说爱情是人生唯一的事，乃是妄人之言），我们要经得起成功，更要经得起失败。你千万要挣扎，不要让一个小女子夸口说她曾碎了沈从文的心……此人太年轻，生活经验太少……故能拒人自喜。”

做人坦荡的胡适，同时也将这封信的副本寄给了张兆和。接到信的张兆和在日记里写道，“胡先生只知道爱是可贵的，以为只要是诚意的，就应当接受，他把事情看得太简单了。被爱者如果也爱他，是甘愿的接受，那当然没话说。他没有知道如果被爱者不爱这献上爱的人，而只因他爱的诚挚，就勉强接受了它，这人为的非由两心互应的有恒结合，不单不是幸福的设计，终会酿成更大的麻烦与苦恼。”

彼时的张兆和，真是冷静和清醒的，在我看来这样的爱情观也是理智正确的。不过，后来，后来的后来，她还是被他的那些绵绵的情书所说服，莫名其妙地被说服，转而接纳了他。就连她自己，也多次问自己到底是“什么时候开始对这个‘乡下人’的看法逐渐改变了，真是一点也想不起了”。

回头看沈从文“一根筋”的性子，身为女子，我也会被逐渐地感化，无论起初抱有怎样的态度，哪怕还有着一丝丝的腻烦。

他去青岛大学教书了，不过，情书照样殷勤，是一封又接着一封：

“我希望我能学做一个男子，爱你却不再来麻烦你。我爱你一天总是要认真生活一天，也极力免除你不安的一天。为着这个世界上有我永远倾心的人在，我一定要努力切实做个人的。”

这样的情话，早不是最初的寻死觅活之话。毕竟是文学大家、文字高手，在文字的遣词造句上都有着魔力一般，渐渐地竟将石头一般的张兆和给感动了，并且还在那紧闭的心扉上划开一道缝隙。爱意，便从这处呼呼穿梭而抵达至她的内心。从此，她的心里便有了他的影子，并且有了他的位置。

急剧变化的是，1932 年暑假，沈从文的到访。他为了看望日思夜想的“女神”竟径直去了张家。恰巧那时“女神”去了图书馆，张允和接待了他，羞怯的他却不肯进去但也不愿意走，最后还是机灵的张允和要了他的地址，他才低头离开。张允和是觉得他做妹夫挺好，首先默认接待了他，还为张兆和出主意回访沈从文，还教她邀他的说辞，“我家有好多个小弟弟，很好玩，请到我家去。”老实的张兆和照办了，一字不漏地说了这些话。

自此，沈从文成了张家的座上客。张兆和那坚如磐石的心，终于在沈从文的文字蛊惑下柔软了起来，接纳了他。曾经她说，“是因为他信写得太好了。”是如此吧，那些如同罂粟花一般的句子，是最诱人的，且让人越看越上瘾的。

1933 年，沈从文辞去了青岛大学的工作，于 9 月 9 日在北京中央公园和自己的“女神”举行了婚礼。爱情的“甜酒”，在他的坚持、不放弃下，总算喝到。

这样，未曾不好，不过，也未曾好。

（三）柴米油盐，是毁坏爱之花的恶

在李敖和胡因梦闹掰的那阵子，李敖便大肆说道，他受不了“胡因梦在厕所里便秘”。实际上，他是接受不了自己的女神变成了女人。

可是，存活在这世间，哪个女神不是最平常的女人？

胡因梦是，回头望，张兆和也是。

在嫁给沈从文之初，沈从文因为自己的风骨，不要丝毫嫁妆，可是对待自己心爱的女人，自己却也不能赚更多的钱来做绅士般的男人。在那段岁月，张兆和正如自己最爱穿的蓝粗布袍子一样，变得粗粝起来，整日里还为着三斗米发愁。生活和性情，便也粗糙得如那砂纸，再没有一丝光华。她开始安心下来做一个家庭主妇，心底的那份隐匿的奢华冉不曾冒头。生活就是现实，毕竟不能靠吃情书过日子的，再优美的文字，看过也就罢了，顶多激起无数心海涟漪，却不能幻化成米下锅。

二十七岁的她，开始觉得自己老了。

那些我们后来感念不已的潋滟美句，对她来说，在婚后生活里是无真正的幸福可言的！她虽然嫁给了沈从文，却没有真正欣赏、爱慕过他这个令无数女子欣赏、爱慕着的人。

所以，她对他说："不许你逼我穿高跟鞋、烫头发了，不许你因怕我把一双手弄粗糙为理由而不叫我洗衣服做事了，吃的东西无所谓好坏，穿的用的无所谓讲究不讲究，能够活下去已是造化。"

说出这样"世俗"、"现实"的话的张兆和，当时是吓了他一跳的，因为那时的张兆和不再是他理想爱情里女神的样子了。

当时，他们的感情还并没有完全破裂，爱意绵绵仍还是有的，毕竟是自己千辛万苦追求来的女子。那时，他独自上路回家探亲，张兆和不肯陪他同去。在去往湘西的路上，他便怀揣着张兆和的照片，以每天一封情书的节奏写下些情难自已的话：

"三三，乖一点，放心，我一切好！我一个人在路上，看什么总想到你。"

"有上万句话，有无数的字眼，一大堆的微笑，一大堆的吻，皆为你而储蓄在心上。"

……

只是，张兆和做不了暖情的爱人，冷漠得多，回信亦少。最温暖的回信是这样："长沙的风是不是也会这么不怜悯地吼，把我二哥的身子吹成一块冰？为了这风，我很发愁，就因为我自己这时坐在温暖的屋子里，有了风，还把心吹得冰冷。我不知道二哥是怎么支持的。”

林语堂曾经说过，“男子只懂得人生哲学，女子却懂得人生！”这话放在他们二人身上，真是贴切妥当到天衣无缝。将爱慕的女子视为女神的沈从文，是希望生活浪漫再浪漫一些，根本想不到现实里的那些惘惘的无可奈何；张兆和骨子里虽浪漫多多，可是却被现实逼迫得不得不现实，面对不爱慕的男子，生活遂陷入再现实不过的悲惘人生里。说白了，她虽是个红颜，却不是知己。多年里，她从未深懂过为她写过那么多美丽情书的沈从文。所以，在悠长的岁月里，她始终与他隔着一条河的距离，从未做到过亦步亦趋的那种夫唱妇随的美好。

1937 年，抗战爆发之时，她做出了这样的决定。当沈从文和几个知识分子乔了装，辗转逃到昆明的西南联大教书，她却决定不和他一起南下，理由是：孩子需要照顾，离开北京多有不便；沈书信太多、稿件太多，需要整理、保护；一家人都跟着沈从文，会拖累他。事实上，是她真心不够爱慕他，若是有沈从文爱慕她的十分之一，再或千分之一，她也不会做出这样的选择。要知道乱世里的人，谁不是得过且过的？无法预测的安定让每一次的相别都意味着不能相见的永别。

真正相爱的人，从来都是惧别离的，从来都是要长相厮守的！

这样的放任独留，让沈从文情何以堪！更何况，沈从文在昆明的日子里，还多次哀求她去陪他，可是，她始终可以找到理由来回避掉与他的相逢及团聚。

沈从文的爱情世界里，不由得便碎片乱飞，满目疮痍了。他森森地抱怨道："你爱我，与其说爱我为人，还不如说爱我写信。"转而又生了疑惑，怀疑她有了婚外情，"即或是因为北平有个关心你，你也同情他的人，只因为这种事不来，故意留在北京，我也不嫉妒，不生气。"在他这样苛刻的话里，张兆和终带着孩子们去了昆明，可坚决不与他同住，而是住在离他有一段距离的呈贡。每一次的相聚，沈从文都要"小火车拖着晃一个钟头，再跨上一匹秀气的云南小马颠十里地，才到呈贡南门"。

他内心的委屈可想而知，爱情的幻梦破碎理所当然。他开始大肆倾述起对小三高青子的爱慕之情来，以此来向张兆和传达自己有能力爱不止一个女人。事实上，早在张兆和在北平之时，他就和高青子有了暧昧之情。

如果一段即将开始的爱情，最终是建立在家庭破碎的基础上时，那么家庭的裂痕也恰恰正是爱情的断章。他们二人的爱情就是最好的诠释。虽然，他对她极是爱慕，却没能打动她，再是朝朝暮暮地相处，一开始也注定是貌合神离了。

和文人相爱，也许就是很辛苦，理想国里的爱情之花，终会在现实的柴米油盐的琐碎俗事里萎谢，无以再有绽放的可能！

他们的爱情，终繁花落尽，幸福再无归路，只留下那镌刻深情、美丽若花的情书灼热在时空里。

尾语：

1946 年，他和张兆和正式分居。

后来的岁月里，他们止步于婚姻，因此也过上了真正幸福的生活。

爱情就是如此，爱就是爱，不是感动，也不是感激。在爱里，两个人情感上失衡，即便结婚了，也不会真正地长久。

回头观望他们走过的那段短暂的婚姻之路，真正和谐的时候少之又少，更多的应是不理想的。不过，分开后反而让张兆和对他有了一个全新的认识。1995 年，她深重地在自己的《后记》一文里写道：

“从文同我相处，这一生，究竟是幸福还是不幸？得不到回答。我不理解他，不完全理解他。后来逐渐有了些理解，但是真正懂得他的为人，懂得他一生承受的重压，是在整理编选他遗稿的现在。过去不知道的，现在知道了；过去不明白的，现在明白了。他不是完人，却是个稀有的善良的人。”

这应该是她馈赠于沈从文最美的情书。可是，沈从文早在 1988 年就去世了。

也许就像她继续写下的这样：

“……太晚了！为什么在他有生之年，不能发掘他、理解他，从各方面去帮助他，反而有那么多的矛盾得不到解决！悔之晚矣。”

是的，一切都太晚了。在沈从文在世的岁月里，她没有给过他最暖心的安慰和理解；他逝去之后，她如此忏悔实质上于事无补，也只徒增了些空长恨的惆怅。斯人已逝，一切已空，只感叹，幸与不幸，悔与不悔，全是自苦，又何必呢！

如果每个人的爱情里，多些对对方的理解，花些时间和心思去经营，也许世上便没有那么多遗憾的爱了。可如此的爱情，也就不是绚烂刻骨的了。罢了，爱情和理解，也许本来就不是两个相关的命题。既然爱情无法挽回，就只记住最美最好的时刻，到了暮年，会为自己曾爱过一个最好年龄的姑娘而激动不已吧。就如沈从文说的：“我行过许多地方的桥，看过许多次的云，喝过许多种类的酒，却只爱过一个正当最好年龄的人。”

沈张的爱情，不是容不下两个都正确的人，只是爱得不够纯粹，女人需要男人的爱恋，可男人也最需要女人的爱慕。

时光悠长，他们最开始的情愫已无人可知，只记住曾有一个男子情深似海地表白过，就好了。

一桩风花雪月的事

郁达夫 与 王映霞

在爱情的两端，从来没有过于完美的结局，任何完美只是虚无的诺言而已。

自古，“好汉无好妻，好妻无好汉”，才子佳人的戏码总是上演在生活之外，正如苏格拉底总要配一位泼妇，太过才子佳人了总没有什么太好的结局。

也是，都是天仙一般的人儿，谁去操心柴米油盐，在云端待久了，哪里还过得惯这俗世的尘埃烟火。

总要有一个人，是活在烟火红尘里的，在好的婚姻里。

最美情话

◎“为你，我情愿把家庭、名誉、地位，甚而至于生命，也可以丢弃，我的爱你，总算是切而且挚了。”

◎“我从没有这样地爱过人，我的爱是无条件的，是可以牺牲一切的,是如猛火电光,非烧尽社会,烧尽自身不可的。”

◎“现在我能最重视的，是热烈的爱，是盲目的爱，是可以牺牲一切，朝不能待夕的爱。此外的一切，在爱的面前，都只有和尘沙一样的价值。”

◎“映霞，映霞，我写完这一封信，眼泪就忍不住地往下掉了。”

◎“我只希望你于接到十日午后的那封信后，能够不要那么的狠心拒绝我……我接到了你的回信之后，真不明了你的真意。”

◎“我从没有过现在这样的经验，这一次我对于你的心情，只有上天知道，并没有半点不纯的意思存在中间。人家虽则在你面前说我的坏话，但我个人，至少是很 sincere 的，我简直可以为你而死……”

◎“沪上谣言很盛，杭州不晓得安稳否？我真为你急死了，你若有一点怜惜我的心思，请你无论如何，再写一封信给我！”

◎“请你再不要为我顾虑到身边的危险。我现在只希望你有一封回信来，能够使我满意。”

◎“这一次见到你，才经验到情爱的本质，才晓得很热烈的想爱人的时候的心境是如何的紧张的。此后，想永远地将你留置在我的心灵上膜拜。”

他和她的爱情

我简直可以为你而死

在那个风情流转的石库门房子里，“曾因酒醉鞭名马，生怕情多累美人”的江南才子郁达夫恰好邂逅了“红袖添香夜读书”的佳人王映霞。于是乎，一桩风花雪月的故事就此在繁缛红尘里纠葛延绵开来。

素来纯爱美人的郁达夫，是个俗欲的男子，虽然在遇见王映霞的时候，他还有个媒妁之言门当户对的发妻——才情女子孙荃，也还想过与孙荃隐名于江湖，寻深山而居地白头偕老去，但在初见了有着“荸荠白”雅号的美人王映霞之后，便是什么都忘记了。

曾经的山盟海誓、地老天荒，都随白马而去。

自此乱了那七尺男儿心扉，一颗心就此牵系在了王映霞那双“明眸如水，一泓秋波”中了。

随即，才情满溢的郁达夫展开了热烈的追求，并用他那一支婉约若花的笔写下了无数缠绵悱恻的情话给美人王映霞。

在那个只看文字和脸的年代，凡是女子，都无法抵挡得了那些情真意切的情话。王映霞，也不例外。

在那一片兵荒马乱中，满腹经纶又无隔宿之粮的郁达夫便入了映霞的眼，成了她那可靠的良人。于是，那一丛冬夜里的爱火燃烧着两个纤细颤微的灵魂，一刹那便融合在了一起，如胶似漆。

然而，在另一边明媒正娶的发妻，成了王映霞抹杀不掉的痛。妾的身份，仍是愣生生地割伤了她那颗爱他的心。她决绝地要退出这三个人的爱情。

以为远离就可以将爱的线隔断，再无交缠。只是爱的中断，还要看对手如何。高段位的调情高手，是任你再是八面玲珑也逃不脱他的手掌心的。

爱里痴情的郁达夫，恰恰是个爱情里欲擒故纵的高手。

所以，陷入爱情的王映霞终还是投入了他的怀抱，做了他的夫人。

令人扼腕的是，他们这对在世人眼里的“富春江上神仙侣”，终没熬过岁月的磨砺，还是反目成仇离了婚。从此，上海这座偌大的城市便只留下这对才子佳人爱恨情怨的怅然回忆。

不过，我知道，在上海流经的每一丝每一毫的时光里，他写给她的那些爱意绵绵的情话，曾怎样飞短流长地存在着。

是像北极光一般的美好的存在，有照亮一切的欲望，就像他们曾经美好的爱情，让看到的人都觉惊艳。

（一）欲隐名山誓白头

王映霞曾说：“我认识郁达夫时才虚岁二十。”

是呀，也难怪女神娇嗔这好年龄。要知道，那时的女神居杭州四大美人之首，坊间流传着一句“天下女子数苏杭，苏杭女子数映霞”。

这样只应天上有的貌美如花的女子，恰逢情痴般的郁达夫，不知道应该说是她的幸，还是不幸。

那一年，在上海马当路尚贤坊 40 号，我们的文人情痴郁达夫穿着妻子孙荃从北京寄来的新皮袍，登门拜访自己的老朋友孙百刚。之前，于上海内山书店，郁达夫遇见了这位昔日留日的同窗。想着自日本一别数年，这次难得地重逢相聚，瞬时就冲散了郁达夫连日来的阴郁情绪。

孙百刚素来好客，府上也常常是高朋满座。

不过，郁达夫是怎么也没有想到，这次的拜访可以带来让自己一生难忘的一次偶遇。

初相见时，他就被她那一双如水的眸子所吸引，眼里便全是她了，心扉也就这样被一泓秋波冲乱了阵脚。虽然他身处隆冬，但额头上也冒出汗珠来——那个年代的人，都将心思藏得那样浅。在他一脸昭然若揭的窘迫下，暴露了自己对王映霞的一见倾心。

爱美人的才子郁达夫，早就忘却了来尚贤坊的初衷，一双眼睛只围着美人流转，硬生生地将孙百刚夫妇抛到了一边。美人王映霞，也是文采斐然的才女，随即跟郁达夫天南海北地侃侃而谈起来，仿佛是一早就熟稔的故人相见，那其间的默契令人揣度不着。

为了能够跟美人共度的时间长久些，中午时分郁达夫坚持请孙百刚夫妇和王映霞一起去吃饭。他阔绰地要了辆汽车，到了南京路的新雅酒店。席间，开怀畅饮的郁达夫忍不住用日语问孙百刚道："我近来寂寞得跟在沙漠里一样，只希望出现一片绿洲。你看绿洲能出现吗？"聪慧的孙百刚，一听就猜测出他是看上王映霞了。

那天回到家，郁达夫在日记中写道：“遇见了杭州的王映霞女士，我的心又被她搅乱了……南风大，天气却温和，月明风暖，我真想煞了霞君。”

此后，郁达夫经常找各种各样的理由和王映霞约会，或是去餐厅吃饭，或是看新上映的好莱坞影片，他的热情如荒原里火燎的野草兀自燃烧着，无疆无领，无人能阻挡。

王映霞呢？

对于文人才子郁达夫，她也是慕名已久的。

她读过他的《沉沦》，读过他的《春风沉醉的晚上》，曾经无数个夜深时分被他的文字深深吸引震撼着。她从未想过自己可以在现实的世界里这样近距离地见到他，并且还跟他有了这样千丝万缕的交集。

尽管是如此仰慕着的一个人，在面对他的追求时，她的心里也还是矛盾犹豫着的。毕竟，这个大才子还有个结发的妻子在身边，还有就是那十二岁不可触摸的年龄差距。这种种情况，真是些难以跨越的心理障碍。

要接受一个这样的人，是再仰慕都无法逾越了自己那颗傲娇的女子的心的。就好比拿到现代，一个妙龄少女要接受一个四十几岁有家室的大叔的求爱，而这位大叔无财无房，只有满身的才气。这样的求爱，会被人笑成“癞蛤蟆之歌”吧。在那时，王映霞不只是妙龄少女，还是位优秀的女神，身边的追求者都是个顶个地才华出众。要她屈身做妾室，被人看来是怎么也无法成行的事吧。

如此，这样现实的境况横在那里，王映霞面对郁达夫的追求便避居三舍。

为了能真正地打动女神，郁达夫是绞尽脑汁，无所不能了。他开始用他那支飞花逐月般的妙笔为王映霞写下了万千字的情书，来借此表露自己的真心意。

情书，频率超高。

有时，一天一封；有时，甚至一天两封。

语境炽热又犹如滚烫的山芋，痒痛了王映霞的心。在情书中，他说：“一切照你吩咐做去，此心耿耿，天日可表。对你只有感谢和愉悦，若有变更，神人共击。”

那时有些才情的女子，终没办法在这样的句子下幸免吧。

王映霞没能成为例外，她开始动摇了。

一首“朝来风色暗高楼，偕隐名山誓白头，好事只愁天妒我，为君先买五湖舟。”终让他俘获了伊人的芳心。

王映霞回信，绵绵地说：“我也爱你，之死靡他……”

于是，一场艳绝的婚礼在 1927 年 6 月，杭州西子湖畔成行。

就此，在朋友的见证下，王映霞和中年浪漫文人郁达夫正式携手步入婚姻生活。

（二）富春江上神仙眷侣

婚后，两人在上海度过了一段温馨融洽的日子。

出身名门的王映霞，完全放下大家闺秀的身段，开始学习洗衣、烧饭，努力扮演好妻子的角色。郁达夫患有肺痨许久，为了照顾好他，她每天都会炖各种补品，帮他调养身体。得妻如此，夫复何求？

郁达夫则用他那一手妙笔生花的文字，细细碎碎地记录下生活中的点点滴滴，幸福溢于言表，并美其名曰“日记九种”，刊登在报纸上，向世人宣告着他们婚姻的美满与甜蜜。

到杭州后，他们之间绵密的感情依然延续。郁达夫每天在读书、写作之后，一定会和妻子漫步于西湖，看荷花随风摇曳，看湖边丝丝垂柳倒映在水面上的纤细样子，看夕阳将两个人的影子，拉长、变短……

这样的二人，有了“富春江上神仙侣”的美誉。

第二年，郁达夫在西湖边上买了块地，开始着手打造自己的住宅。

这座房子几乎花尽了他们全部的积蓄，但是他们用一颗暖意荡漾的心迎接着它的建成。郁达夫兴奋地为新家起名为“风雨茅庐”，并由他亲自设计，希望这里能够成为趋避乱世的桃源之所。

然而没过多少日子，作为“风雨茅庐”女主人的王映霞，就完全无法仅仅仰赖着这座美宅兴奋地生活。她需要生活里注入新鲜的激情，她已不甘就此度过。于是，她凭借自己的美貌和优雅谈吐，迅速地跻身上流社会，并很快成为杭州上流社交圈里明星般的人物。

由此，郁达夫意想中的世外桃源很快就变成了社会名流与政界要员交际往来的场所。

随之，他们五年平稳的感情，在迎来子女的相继出生后，开始有了暗涌的潜伏，表面和和美美的生活也早已掩盖不了了。

事实上，岁月静好，一直都不是王映霞想要的生活。

她原本是习惯活在大家的注视和赞美之下的，只是为了爱情，暂时回归到琐碎的生活中去了。当激情过后，当感情变淡之后，她还是要做回自己的。一如郁达夫所言：“王映霞奉行名媛做派，布衣暖菜根香，本非她的理想人生。”

裂痕就是这样产生的，夫妻间的生分，也由此而生。

疏于交际应酬的郁达夫，开始逐渐心生不满。为了避免不快，他开始经常借故在外逗留，很晚才回家。

恰逢此时，一个叫许绍棣的男子真实地出现在他们的感情里。

时任浙江省教育厅厅长的许绍棣，实为爱慕王映霞的男子。对王映霞的美雅是仰慕许久，却未曾想过亵渎女神。他只是深情地将自己的爱慕倾述在笔触里，用一封封的书信来取悦女神的心。

正是这书信，让郁达夫抓住了“把柄”。

某日他从外地回来，在自己的家中怵然看见许绍棣写给王映霞的三封书信，他自持的心便再无法压抑，曾经对王映霞说过的爱的承诺随即化为云烟，他即恶言相向。王映霞心内无事，自是无法接受他的奚落，于是一场暴风骤雨般激烈的争吵上演，王映霞更是在争吵后离家出走。

本以为，自己的出走可以平息这件家事。

谁知情爱里狭隘的郁达夫，第二天气急败坏地在报纸上刊登了“警告逃妻”的启事，大大咧咧地将王映霞的出轨和离家出走，公之于众。

虽然在后来，由相熟的朋友出面劝说，他也念及家庭和多年的感情，又在报纸上登出“道歉启事”，然而，他做的这些事，却深深伤透了王映霞的心，他们的婚姻，也在这伤害里裂了痕，再无从修补。

他们，再未回到曾经互敬互爱的日子。

每日伴随着他们的是吵架和猜疑。

自此，富春江上神仙眷侣，再无良辰美景好时光，一切如若富春江鲥鱼，刺多，再美味都无从下嘴。

只撂着，让外人寻味。

（三）爱到荼蘼，如此苍凉

情爱人生里，“人间烟火，哪有极品，只因当时饥渴，所以销魂”。

我喜欢的李碧华曾写过：“这便是爱情：大概一千万人之中，才有一双梁祝，才可以化蝶。其他的只化为蛾、蟑螂、蚊蚋、苍蝇、金龟子……就是化不成蝶。并无想象中之美丽。”

言之凿凿里，将爱情的样子凛冽地呈现在世人的面前。

郁达夫和王映霞的爱情，在俗世里也没能逃过化不成蝶的悲情结局，成了最令人叹息的烟火爱情，淹埋在柴米油盐的辗转回旋里了。

细看来，不禁让人心酸。

当时，郁达夫是想挽回这段爱情的。

他很男人地在报纸上刊登了一则道歉启事，把一切责任全揽在自己身上。同时，为摆脱这乱局，许绍棣更是迅速地和人结了婚。

为此，两人都各自退了一步，做到了勉强复合，并定下了协议，决心“让过去埋入坟墓，从今后各自改过，各自奋发，再重来一次灵魂与灵魂的新婚”。

可是，可是有谁看过破碎的镜子有重合的可能？

破碎的婚姻，也如此。已经出现的裂痕，不可能因着原谅、因着妥协、因着迁就，就真正恢复如初。

裂痕，是一旦有了就会永远刻在那里。

真正的导火索，来自王映霞和戴笠那段不清不白的暧昧关系。

曾经有郁达夫的友人，透露过王映霞曾在武汉为戴笠打过胎。真实与否，交给曾经流逝的岁月点滴吧。反正，戴笠的插足，是他们二人婚姻破裂的因由。

为了将婚姻维系下去，郁达夫因此接受了新加坡一家报社的邀请，带着王映霞来到了新加坡。

他本以为离开杭州的风风雨雨，只有两个人的日子会再次填暖自己一颗还爱着的心，然而，终了还是徒劳。王映霞身在异乡，因心中再无曾经满满的感动过后的爱，加上对家乡亲人和朋友的想念，情绪陷入一种反复无常中，经常借一点小事便和郁达夫吵架。

一次激烈的争吵之后，恼怒的郁达夫在报上刊登了《毁家诗纪》19 首，向世人道出了王映霞红杏出墙的原委。王映霞在香港的《大风》旬刊上看到了这赫然的字句，加上又了解到郁达夫原还是不索取稿费只求发表的龌龊之心，终于下定决心离开他。

十二年的婚姻，最终在新加坡惨淡散场。

她最终没能成为他言语下的“自由女王”，那句曾经的誓言，却原来只是他梦呓时的许诺。

她和他，最终落入一对怨偶的窠臼里。

这之后，郁达夫对她旧情难忘，曾想过重归于好，一句“愁听灯前儿辈语，阿娘真个几时归”，借子女之口，道出了对王映霞的思念。

然而，王映霞早去意已决。

英国作家劳伦斯曾说：“爱得愈深，苛求得愈切，所以爱人间不可能没有意气的争执。”郁达夫和王映霞之间，或许爱得太深的缘故，所以才有了那无法弥补的争执隔在彼此的心间，从此做不到爱意的真正的融合。

尽管，爱意深浓在彼此的心间。

1945 年，郁达夫在印尼半岛的苏门答腊被日军杀害，终年四十九岁。生前，曾迎娶一名华侨女子何丽有为妻。王映霞也于 1942 年嫁给一位富有商人。

时光荏苒，他和她的故事已落下帷幕。

原来，爱到荼靡，竟也是如此苍凉。

尾语：

没有郁达夫，就没有王映霞。曾几何时，这样的声音响彻耳畔。

也是。

王映霞一生的是非功过，都和郁达夫这位文学才子紧密地联系在了一起。幸福，是因为郁达夫，不幸，亦是因为郁达夫。

王映霞自新加坡与郁达夫离婚后，便由香港辗转来到重庆，经亲朋故旧介绍，曾先后在保育院当过保育员、国民党军委会做过秘书，后到国民党外交部文书科当过科员。那时，王映霞已经三十四岁，她将最好的年华都给了郁达夫。

美人终归是美人，她不愿再以“郁达夫弃妇”的形象示众，即便年龄已不是貌美如花，但是底子里的好仍是让她傲然于人。她用力打扮着自己，让自己出众，美丽如初；另外她再次踏足交际场，竟凭借着多年功力做到左右逢源，一时风光无两。

只是，再光鲜的外在也温暖不了她那颗孤寂受伤的心。一个人的日子，她是过够了，也过累了。她有了结婚的念头。

两个人，总好过一个人，尤其是在那样的乱世。她深谙其理。

恰这时，国民政府前外交部部长王正廷牵线搭桥，将她与自己的学生、时任重庆华中航运局的经理钟贤道结为连理。新郎钟贤道，江苏常州人，毕业于北平中国大学，是王正廷的得意门生，拥有不错的地位与权力。

钟贤道看似忠厚老实，骨子里却不木讷的，反而有着极浪漫的一面。他在向王映霞求婚时，对她说，“我懂得如何把你逝去的青春找回来。”比起郁达夫他要聪明很多，懂得像王映霞这样的女人需要什么。他给了她十分奢华的婚礼，排场极大，贺客盈门，宴宾三日，震动了整个山城。王莹、胡蝶、金山这些当时的大明星也前去赴宴，让她赚足了面子。那年，著名作家施蛰存还曾专门为王映霞赋诗一首：“朱唇憔悴玉容曜，说到平生泪迹濡。早岁延明真快婿，于今方朔是狂夫。谤书欲玷荆和璧，归妹难为和浦珠。蹀蹀御沟歌决绝，山中无意采蘼芜。”

这样的婚礼，是得王映霞的心意的，多年来她一直念念不忘当时的幸福感，她回忆说：“我始终觉得，结婚仪式的隆重与否，关系到婚后的精神面貌至巨。”就如她说的，婚后他们两人的生活融洽、温情，相携相守了后半生。

他们的婚姻，在当时也被传为一段佳话。

女子的一生，能像王映霞这样幸运的，实在太少。她是个美人，人常说，“美人是红颜，红颜多祸水。”能落个世事安好，不缺不少，对每个女子而言也是一种人人艳羡的圆满。

她和他淡然笃定地过了后半生的岁月，直到 1980 年，他病逝，整整相伴三十八年。那些年里，他一直视她为“心肝”，她也极尽所能地对他好。

婚姻里，或许只有这样才能说是“执子之手，与子偕老”吧！不必惊涛骇浪，爱得死去活来，陪伴、相知，才是最好的婚姻生活。

后来的王映霞，是美丽和长寿并存的，2000 年，她病逝于杭州，终年九十二岁。

曾经，她说过这样的话，“他（郁达夫）去了，他（钟贤道）

也去了。如果没有前一个他，也许没有人知道我的名字，没有人会对我的生活感兴趣；如果没有后一个他，我的后半生也许仍漂泊不定。”在平淡中，她将自己的生之岁月言尽，也将自己对生命中最重要的两个男人的爱意写下。而曾经的伤与痛，爱与恨，痴与缠，也都是最好的爱情回忆。

一个诗人的爱情：我爱朴素的你

徐志摩 与 陆小曼

婚姻，真是一次拼耐力的长跑，需要细心呵护。

不管爱里，如何缠绵悱恻，终抵不过岁月痕迹下的真实油盐的计较，再是爱了，也还是会被岁月割伤，疼在那里。

说来，人世间的情与爱，还是不参透为妙，参透后，总是会有一股西风古道瘦马的苍凉漫过心头。

最美情话

◎“往高处走，眉，往高处走！我不愿意你过分‘爱物’，不愿意你随便花钱，无形中养成‘想什么非要到什么不可’的习惯；我将来绝不会怎样赚钱的，即使有机会我也不来，因为我认定奢侈的生活不是高尚的生活。……论精神我主张贵族主义；谈物质我主张平民主义。眉，你闲着时候想一想，你会不会有一天厌弃你的摩。”

◎“我再不能放松你，我的心肝，你是我的，你是我这一辈子唯一的成就，你是我的生命，我的诗；你完全是我的，一个个细胞都是我的——你要说半个不字叫天雷打死我完事。”

◎“你多美呀，我醉后的小龙，你那惨白的颜色与静定的眉目，使我想象起你最后解脱时的形容，使我觉着一种逼迫赞美崇拜的激震，使我觉着一种美满的和谐——龙，我的至爱，将来你永诀尘俗的俄顷，不能没有我在你最近的旁边，你最后的呼吸一定得明白报告这世间你的心是谁的，你的爱是谁的，你的灵魂是谁的！”

◎“你占有我的爱，我的灵，我的肉，我的‘整个儿’。永远在我爱的身旁旋转着，永久地缠绕着，真的，龙龙，你已经激动了我的痴情。”

◎“我爱你朴素，不爱你奢华。你穿上一件蓝布袍，你的眉目间就有一种特异的光彩，我看了心里就觉着无可名状的欢喜。”

◎“我的胸膛并不大，决计装不下整个或是甚至部分的宇宙。我的心河也不够深，常常有露底的忧愁。眉，只有你能给我心的平安。在你完全的蜜甜的高贵的爱里，我享受无上的心与灵的平安。”

◎“与你在一起没有第三人时，我最乐。坐着谈也好，走着道也好，上街买东西也好。眉，你真玲珑，你真活泼，你真像一条小龙。”

◎“龙呀，让你血液里的讨命鬼来找着我吧，叫我眼看你这样生生地受罪，我什么意念都变了灰了！”

◎“眉，有时我想就只你一个人真的懂我的诗，爱我的诗，真的我有时恨不得拿自己血管里的血写一首诗给你，叫你知道我爱你是怎样的深。”

◎“眉，我的诗魂的滋养全得靠你，你得抱着我的诗魂像母亲抱孩子似的，他冷了你得给他穿，他饿了你得喂他食——有你的爱他就不愁饿不怕冻，有你的爱他就有命！”

◎“我的肝肠寸寸的断了。今晚再不好好的给你一封信，再不把我的心给你看，我就不配爱你，就不配受你的爱。”

◎“我是等着你，天边去，地角也去，为你我什么道儿都欣欣的不踌躇的走去。”

◎“我没有别的方法，我就有爱；没有别的天才，就是爱；没有别的能耐，只是爱；没有别的动力，只是爱。我是极空洞的一个穷人，我也是一个极充实的富人——我有的只是爱。”

他和她的爱情

我愿跟你往高处飞

那一年，徐志摩和陆小曼，一个是浪漫赤子，一个如绚烂烟火，他们爱恋成痴，不顾一切地谈婚论嫁起来。他们的爱情，虽充满了坎坷风雨，却是20世纪初最光彩夺目的一段佳话，且流传至今。

徐志摩休妻，陆小曼离婚，再娶、再嫁，于那时而言都是有违封建礼教的事，然而爱情可以战胜一切，全力以赴、不死不休。用郁达夫曾说的来形容最是贴切："志摩热情如火，小曼温柔如棉，两人碰在一起，自然会烧成一团，哪里还顾得了伦教纲常，更无视于宗法家风。"

他来到这世间，是为了寻她一人，于茫茫人海里。因此，他说："我之甘冒世之不韪，乃求良心之安顿，人格之独立。在茫茫人海中，访我灵魂之伴侣，得之我幸，不得我命，如此而已。”而她来这世间，也是为了被他所拥有，于此她这样说：“真爱不是罪恶，在必要时未尝不可以付出生命的代价来争取，与烈士殉国，教徒殉道，同是一理。”

只是，天妒其情，他们冲破重重阻碍，终于结合在一起之后，却未能够真正白头到老。

五年的婚姻，有的全是生命里无法抚平的伤痛。生活里，早已没了曾经的爱意深浓，诗人终日奔波在生计线上，小曼则终日沉沦在烟色挥度里。爱情，已在婚姻的琐碎里撕裂成了碎片，原本热烈而甜蜜的爱逐渐冷却，并且背道而行、渐行渐远，没了重叠平行的可能。

诗人，终是累了。在一场空难中写完了自己人生最后一首诗，再不能阅读的绝句诗。

不过，一个诗人虽陨落，但他们的爱情却奇迹般地得以永存。

自诗人罹难后，小曼一改往日作风。她铅华洗尽，甘愿淡泊，再不踏足曾经留下过旖旎风光的地方；她彻底地消失在人们的视线里，只淡然地安静地做一个诗人的遗孀。她说：“万千别恨向谁言，一身愁病，渺渺离魂，人间应不久，遗文编就答君心。”就这样，我们有了《徐志摩全集》；就这样，还有了证明他们爱情的《爱眉小札》。

所谓“春花秋月情未了，冷暖由人心自明，人生起落寻常事，素衣纤手春秋笔”，她在后来的岁月里用半生的孤独清苦诠释淋漓，用一颗女子柔弱的心宣告于世人爱的真谛。

诚如，她用正楷写下的白居易的诗：天长地久有时尽，此恨绵绵无绝期。

所有的爱恨，都无期！

又如何，只要你我和她都记得诗人为他们的倾城之恋写下的那些情意绵绵的情话，于诗人而言足矣！

因为，它们印证了诗人爱情的存在。

（一）茫茫人海里的宿爱

她是那时活跃在北平的上海名媛，自幼生活在上流社会，受过良好的教育；她也有着姣好的容颜，能诗善画，优雅大方，是个让人一眼难忘的姑娘。

一如程乃珊说的：“称为‘名件’，绝对讲究阶级讲究出身。她们既有血统纯真的族谱，更有全面的后天中西文化调理：她们都持有著名女子学校的文凭，家庭的名师中既有前朝的遗老遗少举人学士，也有举止优雅的英国或俄国没落贵族的夫人；她们讲英文，又读诗词；学跳舞钢琴，又习京昆山水画；

她们动可以飞车、骑马、打网球、玩女子棒球甚至开飞机……静可以舞文弄墨、弹琴、练瑜伽……”

她就是这样名动一座城池的姑娘。

她的名字，叫陆小曼。

1925 年，一次社交舞会，诗人徐志摩遇见了她。许是命中注定，他对她一见钟情，入了心扉，无可自拔地被她迷住了。那时，他深情款款地为她赋诗道：“那时我凭借我的身轻 / 盈盈的，沾住了她的衣襟 / 贴近她柔波似的心胸 / 消溶，消溶，消溶 / 溶入了她柔波似的心胸！”

到底这是一次怎样的心湖惊鸿，怎样的情海漾舟。从那以后，再无其他姑娘能入诗人的眼了。

他的视线，就此再无法从她身上移开，她的笑靥如花，她的每一个转身，都让他情动不已。她是瞬间就驻进了他的心田，播撒了种子，就此成了他诗的根，他梦的芽。从此，再无法根除。就此，他再爱不了别人，只今生今世与她痴缠不休，哪怕未来是刀山火海。

“一个是窈窕淑女，一个是江南才子；一个是含露玫瑰，一个是抒情的新诗。”初相逢，虽是沧海难渡，但自此后，便是桑田永结。总之，这一场凡间无数的舞会，注定在那个时间里成就这一段惊世绝恋。

他无可救药地爱了她，就如他说的，她即是自己于茫茫人海中寻到的唯一灵魂之伴侣。

一段被后世诟病多多的爱情，终还是绵绵延续。

舞会结束后，诗人便经常找机会接近她。而此时她正处在一段不满意的婚姻中，与自己没情趣的丈夫王庚间生不出半点感情。王庚寡言内向的性格，是活在万人瞩目中的她看不上眼的。虽然王庚爱她很深，但她无论如何也无法将一颗爱的心回馈于他。夫妻感情，于他们而言是寡淡如白水的。夫妻间性格上的不合，也是最致命的。

恰好，那一年王庚被任命为哈尔滨警察局局长，调离北京，她便以不适应哈尔滨的气候为由，独自留在京城。本就淡漠的夫妻感情，就此落到一种名存实亡的地步。诗人，便是在此时出现的。

浪漫温柔的诗人，符合陆小曼对爱人的所有想象。

由此，沉睡在她心底的爱情得以复苏。所以，那段时日里，闲来无事之时，他们二人常常一起外出游玩，他或陪她出入舞会，或陪她吃最爱的美食，他是极尽体贴与温柔地来讨她欢心，也用尽浪漫来让她欢颜。他是真的对她臣服了。所以，他能在深夜用两三个小时写一封给她的情书，他也能冒天下之大不韪昭告他是如何如何深爱着这个风华绝代的女子，这个别人的妻子，他定要与她执子之手相伴到老。哪怕，前方无数险滩，他都要与她共度幸福和忧伤。

在诗人如此热烈的攻势下，陆小曼如同一朵妖艳的花，一次次地绽放着。

而诗人，也因此才思泉涌，她所有的美好皆成了自己诗歌的源泉，于是他写下了这些传世的惊艳诗歌——《花的快乐处》、《春的投生》、《一块晦色的路碑》、《翡冷翠的一夜》。他自己也说："我的诗魂的滋养全得靠你，你得抱着我的诗魂像母亲抱孩子似的，他冷了你得给他穿，他饿了你得喂他食——有你的爱他就不愁饿不怕冻，有你的爱他就有命！"

这样的一位姑娘，让他爱得神魂颠倒了。

于此，他向世人宣誓道："我之甘冒世之不韪，乃求良心之安顿，人格之独立。在茫茫人海中，访我灵魂之伴侣，得之我幸，不得我命，如此而已。"

（二）追寻一个喜欢的人和喜欢的生活

这份于千万人中相遇的难得爱情让他们两人珍惜万分。

他们爱得真挚且激烈，犹如爱情的火鸟得以涅槃，天地都被震荡得失了颜色。

陆小曼这样告诉徐志摩：从前，她只是为别人而活，从没有自己的生活，她的生活都是别人安排好的，是别人要的，不是她要的。王庚是父母看上的，是他们压的宝。她生活在牢笼中，生活在铜墙铁壁中，生活在张开的大网中，几乎窒息得喘不上气来，可是没人理解她，也没人理睬她的感受。

当陆小曼如此向徐志摩敞开心扉，说出自己的希望和失望、情感和期盼、苦恼和痛苦时，恋爱中的徐志摩当即决定，一定要为自己爱着的这个最纯洁、最可爱的灵魂伸冤，要用自己的爱将她救赎。

他鼓励她要“力争自己的人格”，要搏斗，寻找自己需要的生活和爱人。

陆小曼就此觉醒，因为爱上了徐志摩，她说：“这样的生活一直到无意间认识了志摩，叫他那双放射神辉的眼睛照彻了我内心的肺腑，认明了我的隐痛，更用真挚的感情劝我不要再在骗人欺己中偷活，不要自己毁灭前程，他那种倾心相向的真情，才使我的生活转换了方向，而同时也就跌入恋爱了。”

遇见如此的陆小曼，也是徐志摩的幸。那时，他正异常痛苦、绝望、灰心着，因为苦苦追求了四年的林徽因嫁给了梁思成，这几乎带走了他一切的希望和生趣，一度使他陷入万劫不复的深渊里走不出来。恰这时，他遇到了自己的女神陆小曼，这个他情感的给予者和拯救者，重新赋予他快乐的感觉，安慰了他破碎的心，抚平了他心灵的创伤。这样的陆小曼，在他的眼里，是“一个最美最纯洁最可爱的灵魂，是一朵稀有的奇葩，是不慕荣华富贵，追求真、爱、美的女神”；在他眼里，她最美不过，最柔情不过，最能做他的伴侣，给他安稳，给他快乐。

而在陆小曼的眼中，徐志摩则是最真的男人，是骑士、是王子，与围绕在她身边那些整天追求财富地位的男人不同，他没有铜臭气，是最纯粹、最善良、最美好的。他追求个体的自由，为人真诚、正直；他关心人、理解人和包容人。他诚觉世事皆可原谅，他的心是那样宽阔和柔软。这样的绅士又柔情的男人，是陆小曼理想的爱人。陆小曼想着如果能和这样的他生活在一起，那生活该多么幸福、美妙啊。

就这样，陆小曼和徐志摩如同命定的连理枝，双双跌入爱情的漩涡。

北京城里，名媛千金千千万，他徐志摩是“弱水三千，只取她那一瓢饮”，非陆小曼不娶。为了能得到她，他说：“我有时真想拉你一同死去。我真的不沾恋这形式的生命，我只求一个同伴。我如果往虎穴里走，你能不跟着来吗？”为了爱陆小曼，为了他和陆小曼的爱情，我们的诗人是什么都不怕的，“别说得罪人，到必要时天地都得捣烂他哪！”如此决绝无归，如此热烈执着，唯独诗人可以这样了。

诗人，完全是被消融在陆小曼散发出的风情里了，要不他不会如此盛赞她：“像一朵高爽的葵花，对着和暖的阳光一瓣瓣地展露她的秘密。”在爱陆小曼的快乐黏稠的日子里，诗人写出过这样华美的诗句：“那时我凭借我的身轻 / 盈盈的，沾住了她的衣襟 / 贴近她柔波似的心胸 / 消溶，消溶，消溶 / 溶入了她柔波似的心胸！”

面对如此炙热的爱人，陆小曼也给了他所有的自己从未给过别人的爱！

彼此深爱的两人，每日里快乐似神仙，忘情忘我、难分难舍的。

可是，一个是使君有妇，一个是已为人妻。

这段爱情，注定不会被祝福。

这样的两个人，纵然爱得海枯石烂，也是不被祝福的。更何况，他们还爱得如此高调，于是终触怒了世人。

诗人，不得已仓皇而逃，逃到了曾一别再别的康桥畔。可是，即便是离开，心仍还留在陆小曼的身边。于是，他要他爱着的陆小曼，每一日都要把她的心寄存下来，留给他看。他爱她，是爱在了眼里、心里，爱得炽热，爱得痴狂。远在康桥的他，每日都将思念陆小曼的心揉碎了，掷于微波粼粼的湖底，痛苦、焦灼成了他心底的痕。

陆小曼，与诗人远隔重洋，也没能好过诗人多少。每日，她遭受着噬心的煎熬。一方面，她要在道德和情感中挣扎，一方面还要在闲言碎语中学会释然。

爱情是带着泪水的甜蜜忧伤，应是对他们爱情的最好诠释。

思念成河，汇集成江之际，诗人决定无视种种世俗，只忠于自己一颗爱着的心。于是，他在丧子之痛还未完全消散之际，就迫不及待地拿着一张离婚协议，殷切地等待着张幼仪给自己一个自由之身，如此才好光明正大地追求自己心中的女神去。

张幼仪大度，亦明了不爱自己的那个男人终是怎么留都枉然，于是怀揣着一颗悲痛到极致的心决绝地签了那张纸，还了自己深爱而不爱自己一丁点的绝情的男人一个自由身。世间爱情，有圆满就会有伤害，总是于无形中折磨着每个在爱情里的人。

这边，诗人忽视着张幼仪的疼痛，揣着陆小曼那一纸还有余温的飞鸿，归心似箭地回到了北平。

他的回来，彻底搅乱了陆小曼的一颗心。

她决绝地不顾父母的反对，定要结束同王庚三年多的婚姻。离婚前夕，陆小曼即得知自己怀有了身孕，然而在和诗人的得之不易的爱情衡量下，她还是痛苦地做出了选择，她背着所有的人，悄悄到了一家德国人开的私人诊所把孩子拿掉了。然而，这次手术失败了，叫她落下了终身的疼痛，也使得后来的一些事情充满了遗憾。

他和她，在那个年代属于新潮的人，接受着西方的新思想，勇敢做自己，追寻着自己喜欢的生活。他们冲破旧的思想，为爱情付出的代价，除了身体更多的是心灵上的煎熬。

可爱情，正因艰难，才更刻骨。在那个年代，谁能有勇气如此轰轰烈烈地去爱？

他和她的爱情，就是这样，被当时的人们批判着，也被羡慕着。

（三）如此相爱却不能相守

爱情，终是战胜了所有束缚与阻碍。

1926 年 8 月 14 日，农历七夕节那天，他们在北海公园举行了订婚仪式。同年 10 月 3 日，正式结婚。结婚仪式上，梁启超做证婚人，他竟一语成谶："我看他（指徐志摩）找得这样一个人做伴侣，怕他将来痛苦更无限，所以对于那个人（指陆小曼），当头给了一棒，免得将来把志摩弄死。"

如同被下了蛊一般，陆小曼的心头就此埋下了永久的伤痛。

他们拼尽了所有力量，燃烧了所有情意，如同两团炽热的火将彼此熔化在彼此的身体里，到最后却仍殊途。

他想象中的爱人，是漂亮的、风情的、知性的，能和他一起月下品诗，也能和他生儿育女，做柴米夫妻。然而，陆小曼不是，她虽然漂亮、有教养、有才情，但却不是他心中想要的理想夫人。他一直认为，只要她爱他，她一定可以和自己志趣相投、志同道合，成为生活的理想伴侣。

可事实上，他错了。

认为跟想象，终抵不过现实来得真切。婚后的陆小曼，不仅不乖巧依人，反而叛逆张扬，她更在乎的是生活的自由，追求自我。婚后的她，完全忘了自己是个人妻，依然我行我素地去做名媛，依旧一味地混迹社交界，不停地看戏、交朋友，极尽奢侈及铺排。

她从未考虑过或很少考虑过徐志摩内心的感受及经济负

担。当家庭收入不能满足她随意挥霍的生活状态时，她便跑去埋怨徐志摩，痛诉着婚后的不甜蜜、不幸福。

婚姻，到最后真的成了爱情的坟墓。

那时，时光疯狂，消磨掉了爱的激情，日子一久，她觉得婚后的生活平淡无味，变成了白开水。他呢，也对她奢靡的生活有了诸多意见。他们开始对彼此生了怨言。

徐志摩开始在信中对陆小曼埋怨道：我们这对夫妻，说来也真是特别。一方面说，你我彼此相互的受苦与牺牲，不能说是不大；但另一方面说，既然如此相爱，何以又一再舍得相离？他是多么渴念能与陆小曼并肩在艳阳下散步，或者在晨曦暮霭中吃一餐饭，抑或在美好的午后去看一场电影，这样也能让外人看了艳羡不已。只是，几年来他们竟没有一次单独两人在一起的时候。这样的婚姻生活，让他心生了恨，他在陆小曼的身上根本得不到他求的精神上的契合，亦得不到世俗的幸福。对于婚姻，他是心冷了，意冷了，并于麻木中绝望了。

陆小曼，对徐志摩的怨言更多。她抱怨徐志摩干预她太多，过问她的私生活，不许她打牌，不许她抽鸦片，对她管教过严，这样的生活她时刻想挣脱。她说，她过不了这样任人摆布、有拘束的生活。

五年的婚姻，终究成了彼此生命中无法抹平的伤痛。

诗人，每日为了生计奔波着；陆小曼，则每日在烟草里醉生梦死。爱，成了恨意的集结地，他们互相走不出，再也没了曾经的你侬我侬。怨恨、敌对，他们似了陌生人，情感的生分到了极致；爱，也到了分崩离析的边缘。就在这困顿中，翁瑞午还适时地插进一脚，这更使得他们之间的关系恶化，原本热烈而甜蜜的爱情在时光流逝中渐渐冷却。他们二人也越行越远。

人的情感从来都是叛逆多过顺从，越是阻挡越是强烈。

道德的约束、家人的反对、世人的评判，让爱恋里的人有种爱而不得的感觉，由此就越珍惜彼此，对方的形象也因为强烈的爱意而变得完美起来。可任何情感最终都会归于平静，落入柴米生活的平常日子里，彼此的棱角就会变得明显起来，变成互相埋怨的根源。

诗人，当初教给陆小曼要追求自由，后来却埋怨她太过自由；陆小曼最初享受着诗人的关心，后来却嫌弃他过于干涉自己的私生活。

你看，婚姻和爱情总是相反的。

诗人，在这样一场爱情里，终是累了。

在一场飞机的事故中，他将人生走完，将所有的爱怨都写成了一首不能再阅读的绝命诗。当晚，细雨霏霏，似乎也在哀悼诗人的离去。

当徐志摩的死讯传来，陆小曼一下子昏厥过去。醒来后，她才真正悲痛至极，悔恨至极，才真正意识到徐志摩对自己的重要性。她想起了徐志摩对自己的种种好：他总是耐着性子安慰自己、怜惜自己；只要身体稍有不适他就会在身边嘘寒问暖。想到这些，她害怕极了，不知道从今往后没了徐志摩，她将如何继续这人生。

像一场烟花开放，她和他的爱情，她和他的纠缠，只不过短短几年时间，幸福便如雨中湿了翅的鸽子，扑棱棱地掉了下来。

爱是苦的源，失去是苦，若不好好经营亦苦。

他们这一场爱情，欢喜与悲哀同在，浪漫与曲折同存，是上世纪的一场倾城绝恋，然而又如何，到了最后不也如此收场！

所以说，爱须珍惜，悔恨终究是苦痛的，折煞人心的。

诚如，用后半生的孤寂来赎自己罪、偿还自己悔的陆小曼。

尾语：

徐志摩死后，陆小曼陷入一种无比孤寂的深渊。

她守寡之年，不过二十九岁。

世人皆将诗人的死，怪罪到她的身上；所有人都骂她，没有她，也不会有诗人的死，而与诗人有过情感交集的女人，都被世人看成是正义的，张幼仪是，林徽因也是，唯有她在那个年代被人唾骂。人们忘了，是林徽因的一封在北平举办艺术展的邀函，才导致了诗人奔赴北平而飞机失事的。这个爱情中的女神，太懂得欲拒还迎，于巧笑嫣嫣中将过失抛却。这些，陆小曼不懂，她太强烈，什么都癫狂到要全世界都知道，要就是要，不要就是不要。

由此，她的过错成了被世人谨记在心的痕迹。

诗人的离去，所有的人都认为是她的挥霍无度、她的漠不关心、她的红杏出墙所导致的。于是，所有的骂声齐刷刷地落到了她的头上。

还好，她并非庸俗女子。

诗人逝去，她洗尽铅华，甘愿平淡。过往的繁华奢侈都烟消云散，她再不出入任何社交场所，终日里素服，闭门不出，世间的所有风花雪月在诗人离去后荡然无存。

无论是非如何，他们的爱情是那个年代最无法言说的传奇，爱得轰动热烈，逝去也遗憾无数。她和他的婚姻生活尽管短暂，却如神仙般；他们之间的爱情在人们的口中并非好，但她和他在世间风月里从未后悔过当初的选择。

谁对谁错，皆成过往。对诗人与陆小曼来说，没有人能再给他们如此美好的爱情，茫茫人海中，遇见便是你、我的幸。

愿我爱你，像你爱我

梁实秋 to 韩菁清

最好的婚姻，是一起慢慢变老，老得哪儿都去不了还能相守扶持。

两个人在一起，最幸福的是：到老了，还能一起吃早点，一起散步，一起喝茶，偶尔还会拌两句嘴，睡一张床，听着彼此的呼吸入睡。

就此，时光从容，生活安稳。

最美情话

◎“我越来越觉得只有你一个人是我的知音！任何其他的地方不能给我温暖。”

◎“如果世上真有所谓 telepathy（精神感应，心心相印），你应该感觉到我的爱，是怎样的缠绕着你，何况你是最最敏感的人！”

◎“我遇见你，你遇见我，我俩相逢像传奇。你靠近我，我靠近你，我俩从此不分离。我愿你在我走前唱给我听。要音乐伴奏？我的心颤动声，我的叹息声，还不够么？你说‘我有秋恋，我应恋秋’，如今每天写信给你，每天前去看你的便是你的——秋。”

◎“请你原谅我，我的心容不得一点创伤，虽然是往事前尘。”

◎“凤凰引火自焚，然后有一个新生。我也是自己捡起柴木，煽动火焰，开始焚烧我自己，但愿我能把以往烧成灰，从新开始新的生活——也即是你所谓的‘自讨苦吃’。我看‘苦’是吃定了。”

◎“你给我煮的水饺，鸡汤，乃是我在你的房里第一次的享受，尤其是那一瓶 Royal Salute，若不是有第三者在场，我将不准你使用两只漂亮的酒杯——一只就足够了。”

◎“亲亲，我的心已经乱了，离愁已开始威胁我，上天不仁，残酷乃尔！”

◎“你曾说：‘我的爱，正如原野的星火，始终蕴藏在寂寞的心房中，给自己情感的锁所扣住，它至今还不曾尝度过‘燎原’的滋味。’现在我问你，燎原的滋味如何？亲亲，我们俩已做了‘爱的燔祭品’，还说什么‘但愿人长久，爱情莫再来’！”

◎“你说屋里有冷气，夏天不会热，其实外面的气温不会影响到我们内心的热度，我只要你我合作，永久维持我们两颗心融在一起燃烧着的圣火，永久炽盛，永久不灭，外面空气的冷暖不太重要。”

他和她的爱情

愿我爱你，
像你爱我

那一年，梁翁七十一岁，他在妻子故去半年后应邀来台。本是校阅那本纪念亡妻的《槐园梦忆》，却未曾想到，遇见了生命中最重要的人，即小他三十岁的歌星韩菁清。

他们一见下，竟彼此倾心。

所谓相见欢，说的就是他们这样的吧。他们谈得非常投机，一直谈到很晚才离去，大有相见恨晚之意。从那之后的每日，他都去看她，她厨艺很好，每次都会做他最爱的鸡翅膀、鸭肫肝等美食。相处久了，彼此心里的爱意便再也遮不住了。

二人的爱好大多相同，他们在一起，常常会讨论文艺，漫谈人生，好时光就在他们的这种交谈中悄然流逝，爱情的种子也在他们的相处中被渐渐种得更深。因为亡妻的诉讼官司，他不得不去美国处理，他们不得不面临短暂分离。在分离的几个月里，他们日日以鸿雁传情。写信与等待信，成了他们每天最期待的事情，也成了他们思念彼此的煎熬。

痛并快乐着的爱，让他们爱得夜不能眠。然而，在那个年代年龄的差距仍然是障碍，是诟病。

正当他们爱得你侬我侬的时候，关于他们的绯闻也成了热门新闻。祝福没有，全都是不好的猜测和非议，并且因为二人的知名度还被大肆地渲染报道。一时，他们的情事闹得满城风雨，不一而足。反对的声音，是一浪比一浪高，有学生们，也有《槐园梦忆》的忠实读者们，他们愤愤不平，为梁翁逝去的妻子，也为他们悬殊颇多的爱情。

可是，爱情里没有对错，外人更是无法阻拦。

面对当时的舆论，他并没有退缩或犹豫，依然写信给她："大主意当然是我自己拿，我早已拿定，谁也不能影响我。爱，我们'有饭吃'，我们可以'关上门过日子'。有时候还偏不关上门，偏要走出去给大家看看。"

他坚定的爱意，让韩菁清也不再担忧。很快，他们就举行了婚礼。婚礼进行得很低调，只邀请了少数好友参加，但这对他们来说已足够。婚后的他们，生活得美满而幸福。他们朝夕相处，很少与外界往来，日子也算安宁、平淡。他亲切地叫她为“清清”，她则宠溺地回应他为“秋秋”。

在爱意情浓里，他们经受了十三个春秋的考验。

（一）愿你成为我的“精神伴侣”

1974年，在美国一场意外事故中，梁实秋失去了陪伴自己半个多世纪的妻子程季淑，所谓“梧桐半死清霜后，头白鸳鸯失伴飞”，人生至此，应该是最痛苦无依的。在美国羁留期间发妻意外离世的痛苦之下，他用满满的回忆写就了一部纪念忘妻的《槐园梦忆》。

事故发生半年后，离开中国台湾两年多的梁翁，带着一份寂寞而哀伤的心境回到了中国台湾。为了出版《槐园梦忆》，他去了远东图书公司，而此时，身为台湾影歌双栖明星的韩菁清正在远东图书公司寻找一本梁翁编著的字典，恰好遇见了梁翁。

世间一切的相遇，多是前世积累的缘分，总是要在今生发生些什么的。

曾是歌星和影星的昔日上海小姐韩菁清，虽处在大染缸一般的演艺圈，却是个酷爱文学的人，不仅爱看，还爱写。

这样的她是天生对文人作家有一份好感在心里的，也结交了不少文艺界的朋友。那日，她遇到梁翁，是激动不已的。对于梁翁，她是心仪已久，只是多年里无缘拜识，没想到那日能如此巧合地邂逅，她像个雀跃的孩童，心中欢喜。

而梁翁，在与她的交谈中，竟惊喜地发现，自己所有的作品她都看过，甚至还可以背诵一些，这让他对她另眼相看。

如此，他们交谈得甚欢，如同在茫茫人海中寻到了知己，每个人的心间都洋溢着暖暖的感动，滋润了彼此的心。

他们应该算一见钟情吧，他的暮年犹如发了新芽；她的中年像遇到了春天，开出了花。

这样的爱恋，唯有宿命可以解释。

曾经，七岁的她以一曲《秋的怀念》在上海儿童歌唱比赛中一举夺魁；而彼时他正孤身逃难于重庆，正将一把相思遥寄给远在北京的妻儿，哪能想得到，在歌声弥漫的上海滩有女童唱一曲日后的心曲，入到他的心怀。“我的身世，仿佛美丽的秋云，我生在重九的秋天里，我幸福的恋歌，也产生在秋天中，我有秋恋，我应恋秋。”少女时代的她，也用一支笔写就这一篇《秋恋》来遥望着她的“秋恋”。

爱情，真是个疯狂的感觉，它没有任何标准可寻，无关年龄、无关距离、无关人之外的所有。

在那次相谈甚欢之后，梁翁就无法自控地爱上了韩菁清女士。不到一周的时间，他那排山倒海般的情书就密集地送到了韩菁清女士的手中。有时一天一封，有时两封，甚而三封、四封……两个月中竟然写了二十多万字！对韩菁清女士的称谓，亦从“菁清女士”到“菁清”，到“清清”，到“亲亲”，到“小娃”，爱情的力量真是强大，让一位七十多岁的老人仿佛找回了青春。他火一般的爱意全发泄到笔端，让后人读来，脸红之余又觉可爱。就像他自己说的，“诗人，情人，疯人，永远是一体的，没有情人不写诗的，也没有情人不疯狂的……”晚年，遇到爱情的他，真是个疯狂又可爱的老头。

他们的爱情，也在这些痴狂情书下悄然而起。

作为地地道道千金大小姐的韩菁清，虽出生于巨贾之家，却毕生在追求着精神伴侣。十五岁就荣膺“歌星皇后”，是个能填词作曲的才女，她寻求的从来都不是寻常帮衬着的“生活伴侣”，而是一个如梁实秋般的“精神伴侣”。所以，老了的梁实秋入了她的眼，入了她的心，成了她爱着的一个人。

梁翁的才情素来被人盛赞不已，梁锡华曾在《一叶知秋》中评论道：“他有胡适先生的温厚亲切，闻一多先生的严肃认真，徐志摩先生的随和风趣。”余光中也说过：“莎士比亚只写了二十年，梁实秋先生却翻译了三十六年，不过我们不要忘了，莎士比亚是连续地写，在太平盛世的伦敦连续地写，而梁翁是时作时辍地译，在多难的中国时作时译，从二次大战之前译到二次大战之后，从严寒的北国译到溽暑的南海，且把昔之秋郎译成今之梁翁。”

在那个年代，拥有这样毅力、才学、成就的男人本就不多，这样稀有的“高富帅”哪个姑娘遇见了能不动心呢？哪怕是老了的“高富帅”，也依然是迷人的。

她对他是真的心动了，但她毕竟不是二十几岁的姑娘，几十年的风雨生活让她有着自己的理智。她心里又彷徨又矛盾，最过不去的坎儿是他们三十岁的年龄差距。想他已满头白发，而她尚青丝披肩，这差异之大如同沟壑。她试着让他“悬崖勒马”，他却决绝地回应：“不要说是悬崖，就是火山口，也要拥抱着跳下去。”“我只要拥有你，所谓拥有，不仅是你的身和心，还有名义，我要你做我的妻。”

爱情里的女人，谁能敌得过男人表真心的情话？更何况她已经不再年轻。这是一直寻找的“精神伴侣”。剪不断，理还乱，干脆一切随了心，彻底忘情地与他一起共赴爱情吧。

在遇见梁翁之前，她谈过一些不了了之的爱情，有过一段失败的婚姻，几十年在爱里努力过、挣扎过。到了四十几岁，她终于明白了，这世上不是所有人都可以陪你到老的，能碰上靠缘分、靠宿命、靠注定，唯独无法靠努力获得。

因此，她给了他明确的回复：“我愿爱你，像你爱我，她真，她诚，好纯，好不平凡！爱：我被你的权威屈服了！统一了！我会永远效忠于你，心不二志！”

那一年，她四十六岁，他整整大她三十岁。

（二）心存纯善，便不畏风雨

在2004年，杨振宁与翁帆的爱情还被世人称为“一场地震”，那么距今四十多年前，梁韩二人的爱情在当时更是不被人们所认可。

正当他们以为处在最好的时光里时，一场“新闻风暴”在中国台湾刮起了。无数个不认识的人、认识的人或是是非非爱管闲事的人，如同法官一样跑出来，评判着他们的爱情，就此闹得满城风雨。

就这样，铺天盖地的新闻在大小报纸上频频出现。各种报道，都是负面新闻，什么一个演艺圈过气女明星嫁给一个大师，是对大师的亵渎；什么年轻美丽为何嫁给七十多岁的老翁？是图名还是图财？最让人崩溃的是，有人认为她和那些专门嫁一个行将就木的人只为名正言顺地继承遗产的人一样。梁翁的学生也反对，更成立了“护师团”；梁翁的友人亦反对，言说“一树梨花压海棠”太不像话……所有的声音，皆将矛头对向韩菁清。

这些言语，在真爱面前总是那么丑陋，一字一句都显示着人性的另一面是多么的邪恶。

那时的梁实秋，虽然背负的骂声少一些，但境况并没有比韩菁清好多少。

一些不赞同他们爱情的朋友，积极地拆散他们，想尽方法为他寻一门合适的婚事，什么作家、教授等各异的女士一股脑儿地被朋友介绍来，弄得他是啼笑皆非。爱情跟婚姻，哪是一回事呢。他这个年纪了，何必要追求一场婚姻呢？他要的可是——万千不遇的爱情，是求之不得、追之不获的爱情。

这是梁翁的一场与生命相关的爱情，失去了，可是会要了性命的，不能完好地活着的！

他说：“我像是一枝奄奄无生气的树干，插在一棵健壮的树身上，顿时生气蓬勃地滋生树叶，说不定还要开花结果。

小娃，你给了我新的生命。你知道么？你知道么？……我过去偏爱的色彩是忧郁的，你为我拨云雾见青天，你使我的眼睛睁开了，看见了人世间的绚烂色彩。”

抗战时期曾被鲁迅骂得体无完肤、百口莫辩的梁实秋可谓早已经品味到“天凉好个秋”的景状，所以再次面对铺天盖地的喧嚣时，他不过是淡淡一笑。他说：“我只是一个凡人——我有的是感情，除了感情以外我一无所有。我不想成佛！我不想成圣贤！我只想能永久和我的小娃相爱。人在爱中即是成仙成佛成圣贤！”

所以，在这样一份坚定的爱情下，所有的阻碍都不成阻碍，因为两个勇敢的人，一开始就知道求的是什么。心存纯善，便不畏风雨。

面对外界的舆论压力，两个人反而更加相爱了。

日久情浓，梁实秋已经不能满足于纸短情长的爱意表达，他决定要为了爱情做点什么。于是，他拿出一生办报纸副刊的本领，给他“最最亲爱的小娃”办了一份情深意长的《清秋副刊》，所有内容只给韩菁清一个人看。

韩菁清对他也情深。她开始叫他“我最最宝贝的小秋秋”，并写下情话：“亲人，我不需要什么，我只要你在我的爱情中愉快而满足地生存许多许多年，我要你亲眼看到我的脸上慢慢地添了一条条的皱纹，我的牙一颗颗地慢慢地在摇，你仍然如初见我时一样用好奇的目光虎视眈眈。那才是爱的真谛，对吗？”

其实，爱情永远是自私的，外人再怎样评判，享受爱情的人终究是自己，苦也好，甜也好，都是自己过的，与他人何干？就如韩菁清说的：“历史是人家的，传奇是人家的，世间嘈杂的耳语，不过是他人自说自话的意淫。”

我一直相信，爱情里的一切都是命中注定。爱了就大胆地爱吧，不问结局如何，只需知道我爱你，就已足够。只要你勇敢去爱，我愿宿命相随。

更何况，这世间最难遇到的是真爱。

于是，在 1975 年 5 月 9 日，她和他举行了婚礼。

婚礼虽然简单，但却温馨独特。

他穿上了她为他准备的玫瑰红的衣服，戴上了橘黄色花朵的领带，满面春风地自担司仪，站在大红色喜字面前宣布着婚礼的开始，然后又自读了他们的结婚证书，之后在到场的朋友们的欢笑中献上了新郎致词：

谢谢各位的光临，谢谢各位对我和韩小姐婚姻的关心。我们两个人是同中有异，异中有同。最大的异，是年龄相差很大，但是我们有更多相同的地方，相同的兴趣，相同的话题，相同的感情。我相信，我们的婚姻是会幸福的、美满的。

至此，他们的爱情终于可以一路坦途了。

（三）最好的生活

婚后，他们的美满，让那些站在不远处看热闹的人相继咋舌；他们的爱情，也犹如被岁月镀上了一层暖腻的金色。

他们彼此眷爱着彼此，暖意从他们生活的边边角角满溢而出。

她说：“我坦白地承认我曾有过无数次的罗曼史，不成熟的，稚气的，成熟的，多姿多彩的，但是都已烟消云散，不复存在！现在这迟来的爱情才是实在的、坚固的，它会与世永存！”

他则如此回应道：“强烈的爱燃起了我心里的火。这圣火一经点燃是永不熄灭的。”

这样美好的情并不是只有一份坚定的心就足够的，还要遇到对的人、对的时间。如果人不对，坚定也便无从谈起。不要一味地坚守，也不要遇到一点苦难就放弃，相信爱情，因为爱情的磨难，会帮我们考验对方；相信自己，因为爱情终究是自己的。

就如经历了爱情磨难的他们，携手度过了十三年丰盈而美好的婚姻生活。在这十三年里，也是他们俩彼此最好的生活状态。

韩菁清是个自爱的女人，她总是把生活过得那么吸引人。她性格中有些可爱，又多才多艺，还拥有一手人人称绝的好厨艺，让吃过的人皆齿颊留香，也因此，婚后的梁实秋体重飙升了五公斤之多。拥有如此美好的妻，也让原本搁笔已久的梁实秋再次充满了创作的欲望，他又开始拾笔创作了，每天上午专心读书，然后写作，并且保证一天写就五千字。于1979年6月，他竟写完了《英国文学史》和《英国文学选》，从而获得了“国家文艺贡献奖”。

生活中，充满着浪漫和激情。为了让依然坚持创作的梁实秋做到最大化的劳逸结合，韩菁清亲自教会了他跳舞，而那一年梁翁已经七十四岁了。在月华如水下，两人相拥翩翩起舞的画面，让看到的人都心下感动。时光催人老，但爱情永远也不会老去。

他做什么她都喜欢，而她穿什么他都觉得甚美，并且尽管他们日日相见，两人依然情书往返。在署名“秋秋”、“清清”的无数信中，表达着的是他们的爱恋、浓情，流传至今，阅来依然让人心生欢喜。或许，这就是所谓的“寻常一样窗前月，才有梅花便不同”的真意境吧！

晚年的梁实秋，因为耳聋时刻戴着助听器跟她交谈，因为怕漏听她说的任何一个字、一句话。婚后体贴的她就随时俯身贴在他的耳畔，时间久了，他竟取下了助听器。除了这贴心的爱意，她将他的起居也照料得很好，每晚亲自为他煲汤；为了给他提供最安稳的生活环境，她搬了三次家才决定住下；最常做的是，她搀扶着他从一条小巷穿行于另一条小巷；他们还养了一只猫，嬉戏间共同地爱着它，就如同他们共同的孩子一般。生活，因而有了万千惬意！

这样美好的生活里，不都是甜蜜，偶尔也会有争吵，但不似寻常百姓的那种争吵，而是满含着贴心的争吵。多是因为他吃了有害健康的食物，她会因此而大吵大闹，怪他不够爱惜自己的身体，会生气地跑进洗手间不理他。这时的他，常常会在门外唱歌来哄她，有时是他们平时最爱的那首歌《总有一天等到你》，有时则是用那种压低嗓子装出的悲痛的声音来唱那首《情人的眼泪》，在他的诚挚歌声中她会被征服，会笑意盈盈地走出来，然后两个人拥抱，一起欢乐地笑，直笑到眼泪出来。

他们生活中这些温情的细节，在外人看来是一丛丛绿意盎然，哪像是一对被岁月折磨过的老人，丝毫看不到任何秋黄之态。

是的，年龄算什么，在爱情面前。只要有爱，所有的爱意都是花开恣意的。

进入暮年，相爱愈久愈浓，他便会为了她时常想到身后事。在他们相伴走过了十年的时候，他给她深情款款地写下了这一封镌刻着他爱意及不舍的信：我首先告诉你，启从十年前在华美一晤我就爱你，到如今进入第十个年头。我依然爱你，我故后，你不必悲伤，因为我先你而去是我们早就料到的事。我对你没有什么不放心。我知道你能独立奋斗生存，你会安排你认为最好的生活方式。十年来你对我的爱，对我的照顾，对我的宽容，对我的欣赏，对我所作的牺牲，我十分感激你。

那时的他，是多么想拼尽所有心力来爱她一生一世。就如他在弥留之际拼尽全力喊出的那句："清清，我对不起你，怕是不能陪你了！"——他多想爱她到老。也因而他在临终前发出了这般强烈的求生欲望："救我！"、"我需要更多的氧气！"——他实在太放不下她了，让她一人在这世间偶行，心有万般不忍。

可是，世间事从来都多残忍，不从人愿的。

终于，在和她度过了四千多个爱的春秋后，他撒手人寰。

八十四岁的高龄，对他来说，真是上天厚待了。假如，他的晚年没有她的陪伴，临死之际，他可能也不会如此眷恋，会平静地离去。但正因有了她，他才觉自己生命的完美。

尾语：

他死后，她为他高筑墓地。

面朝故土，她也为他写了碑文，唱起了一首凄婉之歌与他惜别。在她心里，他并没有远去，所以，她照旧为他写信，像他活在这世间时一般，只是这些信她不能亲手递给他，只能焚烧在他的墓前，让那缕缕的青烟遥寄她对他的无限相思。

寡居期间，她开始整理他的遗作，并与他的女儿一起前往大陆看望他曾经念念不忘的朋友们，以了却心愿；她还撰写《秋的怀念》，一如当初他们初识时他为她单独创办的《清秋副刊》，文字间记录的皆是他们甜蜜的过往。且看：

古今中外，不分贫富，每天都有许多爱的故事，我与梁实秋的恋爱虽有点传奇，结婚却非常简单地在一家小餐厅举行，和普通平民百姓没有什么两样。

十三年中，我们过着平凡幸福的日子，他每晨散步、写作，晚上看书，我每天花时间照顾猫咪们，更照顾他的饮食起居，有福同享，有难同当，互敬互爱，知己知彼，双方从恋爱到结婚，双方都付出了相当大的代价，当年写情书时，没有想到未来是个什么样的结局，也想不到今天在海峡两岸出版这本书。

……

的确，爱情不是一种儿戏，爱情是一种极神圣的东西，爱情是无价之宝，爱情是一种伟大的使命，夫妻都要担当！保持永远的美好！

……

梁韩菁清祝福读者们好 ——《秋的怀念》

他走后七年，她因病逝世。这一年，她六十三岁。

只是，美国槐园那块他曾经为她预留的墓地，到如今依然是空的。她的墓地，终究没能依偎在他的墓地边上。

曾经，他们爱得那般惊世骇俗，性情且激烈，然而却多少让人侧目与误解。是意外的邂逅太过美丽，还是相遇的火花太过绚烂，才会引来这场不被看好的眷与恋，皆无从猜测。

我们，只知道这是一场用生命奔赴的爱情。

此情不关风月。

爱就爱了！

愿上帝给你另一个人，也像我爱你一样

瞿秋白 苔 王剑虹

最好的爱，是能有一个人，陪你。

陪你走完今生岁月，一起欢笑、一起痛苦、一起纠缠、一起感慨、一起拥抱，一起看风起云涌，一起看世间风月，一起听潮起潮落，一起感受生活的美好。

在人生落幕时，回想曾经，只有这么一个人深切地爱过自己，直至生命尽头，那也是一种幸福。

最美情话

◎“你偏偏爱我，我偏偏爱你——这是冤家，这是‘幸福’。唉！我恨不能插翅飞回吻……”

◎“爱恋未必要计较什么幸福不幸福。爱恋生成是先天的……单只为那‘一把辛酸泪’，那‘暗暗奇气来袭我的心’的意味也就应当爱了——这是人间何等高尚的感觉！我现在或者可以算是半‘个’人了。”

◎“我们要一个共同生活相亲相爱的社会，不是要——机器、楼房啊。这一点爱苗是人类将来的希望……”

◎“要爱，我们大家都爱——是不是？

——没有爱便没有生命；谁怕爱，谁躲避爱，他不是自由人。

——他不是自由花魂。”

◎“这两天虽然没有梦，然而我做事时总是做梦似的——时时刻刻晃着你的影子……没有你，我怎能活？以前没有你，不知我怎样过来的，我真不懂了我将来没有你便又怎样呢？我希望我比你先没有……”

◎“万郊怒绿斗寒潮，检点新泥筑新巢。我是江南第一燕，为衔春色上云梢。”

◎“山城细雨作春寒，料峭孤衾旧梦残。何事万缘俱寂后，偏留绮思绕云山。”

他和她的爱情

你的魂儿
我的心

世人都知道瞿秋白和杨之华那段惊天动地的爱情，却很少知道他和另一个姑娘那短暂仅有七个月婚恋生活的爱情故事。在看由导演霍建起执导的电影《秋之白华》时，瞿秋白第一任妻子一开始便是以病入膏肓的状况出现的，在她病重时瞿秋白与杨之华早已相识，并有了互相倾慕之情。这不禁让我觉得瞿秋白对她有些薄情，而事实上，他们的爱情并不像电影中那么轻描淡写，而是深入骨髓的。

他和她，相识于1923年。

那是个火热、激情的年代，那一年，他二十四岁，青涩充满力量，刚刚从莫斯科回国，在上海大学当教务长兼社会学系主任。因为工作的原因，他认识了那时在陈独秀、李达创办的上海平民女子学校就读的她。

他们一见面，就对彼此倾了心。

在他的鼓励和劝说下，她和挚友丁玲一起进入到他执教的上海大学文学系学习。

爱情，是需要有“近水楼台”的便利的。他如此睿智，应一早深懂这个道理，不然也不会努力地说服她到自己执教的学校进修。那时的她，是个如一团烈火、一把利剑，无所畏惧、勇往直前的女斗士，极具吸引力。更何况，他正年轻，视爱情如蜜糖。

他很优秀，是当时女性眼中的白马王子。

当年，丁玲形容他：“这个新朋友瘦长个儿，戴一副散光眼镜，说一口南方官话，见面时话不多，但很机警，当可以说一两句俏皮话时，就不动声色地渲染几句，惹人高兴，用不惊动人的眼光静静地飘过来，我和剑虹都认为他是一个出色的共产党员。这人就是瞿秋白同志。”

这样讨人欢喜的正直男人，哪个女人会不动心？她也不例外。

在她渴求更多知识的路上，一颗芳心也渴求更多的爱恋，他的到来，于她如同久旱的土地遇上的甘霖，犹如烈阳下的一片绿荫，入心，且温润。

搁到现在，他应是那种十足的暖男。

1924 年 1 月，他们终于走进了婚姻的神圣殿堂，过起了神仙眷侣般的生活。只是天妒幸福，才不过七个月的光景，他们就不得不面临生死离别。她不幸患了肺病，搁如今这病根本不可怕，然而在那时却是不治之症。尽管他小心地呵护、照料着她，以此想用自己一颗虔诚的心来感化、驱除病魔，却仍是没能留住她。

她就这样，终带着对他的无限眷恋离开了这人世。

万千爱意，皆成烟火，灰飞烟灭。

人说，爱情，因为短暂而深刻，因为生离死别而刻骨铭心。

她永远地留在了他的心间，一辈子。

（一）遇到一个惊鸿照影般的姑娘

瞿秋白算是个幸运的男人，一生中有两段刻骨的爱情。在瞿秋白的生命里，如果说杨之华是赠予他生命的人，那么王剑虹就是那个夺去他心的人，如同惊鸿照影般的存在。

这位世人鲜知的土家族女子，是瞿秋白的结发妻子。1901 年，出生在重庆市酉阳土家族苗族自治县龙潭镇的显赫世家。父亲王勃山，是个能诗善文又懂医术的人。他早年间参加了孙中山领导的同盟会，在辛亥革命后曾任孙中山广州大元帅府的秘书；母亲吕连娣，也是个知书达理的才女。

由于生在这样一个学识的世家，王剑虹自小就受到了很好的教育。读过几年私塾，因学习优异，后跳级插班到酉阳县龙潭高等小学堂，毕业后又考入酉阳联立中学。1916年秋，考入湖南桃源县第二女子师范学校。也就是在这所学校里，她结识了后来成为著名作家的丁玲，并在之后的岁月里成为了最好的挚友。丁玲用她妙笔如花的文字将她如此形容："王剑虹长有一双智慧、犀锐、坚定的眼睛，可谓是美丽端庄，但平时王剑虹显得十分严肃，走路时昂首挺胸，目不旁视，显得有一股傲气，一看就是一个不庸俗、有思想的学生。"

由此看，她的气质是从骨子里显现出来的。

事实上，在校期间，因正处在"五四"新文化运动前夕，她亦怀着激昂的情怀及抱负，积极参与创办刊物，宣传演讲，迎接新文化运动的到来。

"五四"运动后，她即怀着追求真理的热情奔赴当时最红色的上海，在这里她结识了最先锋的革命人士李达、王会梧、施存统、陈独秀等人，更因《新青年》、《共产党》月刊中许多文章的影响，思想高度有了最大的认知及变化。

因而，在 1921 年，她进入了陈独秀、李达创办的上海平民女子学校。在此期间，她除了听陈独秀、陈望道、沈雁冰、刘少奇等人的讲课外，还常常协助和组织劳工运动，宣传科学社会主义，致力于妇女解放。

在去上海学习之前，她的名字还叫王淑璠。父亲王勃山觉得她的名字不够响亮，因而根据近代著名诗人龚自珍《夜坐》中的诗句："万一禅关砉然破，美人如玉剑如虹"，取名为王剑虹。

就此，她的这个名字响彻在世间。

也就是在那一年，她趁着寒假回湖南常德老家探望姑姑之际，将好友丁玲也介绍到上海平民女子学校。在 1923 年夏秋之际，她与丁玲一起结识了刚从苏联回国的瞿秋白。

这一结识，对瞿秋白来说是惊鸿照影来，是惊艳，是悸动，是心海只为她一人翻滚无数涟漪。

也就是在瞿秋白的建议下，她和丁玲一起到了他所任教的上海大学读书。

她们在上海租了间亭子间，顺利在上海大学文学系就读。在这里，她们接受了沈雁冰、田汉等的教育及培养，丰盈了她们的文化知识。不过，她们最爱听的还是瞿秋白讲授的哲学、社会科学和马克思主义基本理论，曾经丁玲在《我所认识的瞿秋白同志》一文中有这样的记述：“可是，最好的教员却是瞿秋白。他几乎每天下午课后都来我们这里。于是，我们的小亭子间热闹了。他谈话的面很宽，他讲希腊、罗马，讲文艺复兴，也讲唐宋元明。他不但讲死人，而且也讲活人。他不是对小孩讲故事，对学生讲书，而是把我们当作同游者，一同游历上下古今，东南西北。”

因为爱屋及乌，或者其他，总之，这两个芳心初开的女子，几乎是同时爱上了瞿秋白。不过，在瞿秋白的心中，却唯有她一个。

（二）两朵红杏终出墙

瞿秋白是如此才华卓绝，加之生得俊朗潇洒，因此，吸引了无数女子。

诚如丁玲说的那样，他是个能给人留下深刻印象的人，那双不惊动人的眼光是可以惊起人心底无数波浪的。因而，在频繁的交往中，王剑虹便被俘获在瞿秋白这“静静地飘过来不惊动人的眼光”里了，于是一颗芳心也暗许于他。

对于她的女子心事，他自然能察觉到。其实，对于她，他也情愫暗生。

十七岁丧母的他，在性格上深受母亲的影响。当他还在襁褓里的时候，母亲就给他背诵唐诗宋词，后来的他亦因此学习了古诗词。由于在这样的环境中长大，他喜欢的女子，也多是文静的。

事实上，这也是在王剑虹和丁玲这两个爱慕自己的女子中间，他将一颗爱情的心留给了王剑虹的缘故。

王剑虹因自小浸染在古典诗词里，便养成了一个文静、沉稳、外柔内刚的好性情。这样的她，对瞿秋白而言自然有着一种与生俱来的吸引。就如沈从文评价的那般："丁玲女士天真烂漫，处处同一个男孩子相近，那王女士却是有肺病型神经质的女子，素以美丽著名。"对于洒脱、任性，内柔外刚的丁玲，他自是不来电的。

男女间这档子爱情的事儿，就是这样，一切爱与不爱，绝不是什么外力所能左右的。你，再是爱得山花烂漫，若是逢着不爱你的人，便净是徒然的。一切，皆是以烟花拼尽全力却不长久的绚烂。若爱上了，无关时间，无关距离，无关身份，无关背景，就那么一刹那间电光石火，便会入了心骨。

就如，瞿秋白和王剑虹。

王剑虹第一次听瞿秋白讲课时，因为心中的爱意不由得为他画了一张素描，下课时，邀于他看画得像不像。他瞅了一眼，心中即充盈了喜悦。他们仿似熟稔已久，更因此开着熟稔之后的小打闹。他故意说不像，她就不依不饶地问个究竟："是不是画得不好？"他则十分幽默地回答道："不，是你把我画得太夸张了，我可没有那么英俊潇洒。"

是彼此爱慕的人，才会有如此的对话吧。

在日久的相处中，他们彼此爱慕的心日益靠近。瞿秋白经常教王剑虹读俄文的大情圣普希金的诗，是从词汇、语法到变格皆讲解得细致非常的。在普希金的那些情诗无数里，他们两个人的爱慕心迹也有所表露。

只是，不知为何在瞿秋白的内心里始终纠结着一种别样的情愫，这令他苦恼不已，却无从找到出口。后来，他不再常去王剑虹和丁玲的亭子间的宿舍了。更甚至，有一次施存统夫妇邀请瞿秋白、王剑虹、丁玲他们一道游宋教仁公园，已深深爱上王剑虹的瞿秋白竟然在远远地看到王剑虹后，匆忙找借口回避着从另一条道上走掉了。对此，不知情的憨厚的施存统还疑惑不已，就连丁玲也觉得很奇怪。

只有王剑虹知道为何。

她神伤了，为这没有表白的爱情。

她的自尊心超强，为怕显露了爱情，而让人议论、讪笑。

于是，她也选择了逃避。她的逃避，比瞿秋白的避而不见更厉害。为免触景伤情，她决定离开这里。于是，她告诉丁玲，她要回四川老家。对于她的突然回老家的决定，敏感的丁玲觉得蹊跷，但又苦于不知缘由而无法规劝，直到无意间从她的床垫下发现了一叠诗稿，才恍然大悟。

平时，王剑虹写了诗肯定第一时间拿给丁玲看，为何这些诗稿却是藏匿起来的？丁玲决定看个究竟，仔细一看下，才知这原来是王剑虹写给瞿秋白的情诗：

他，回自赤都的俄乡，

本有潇洒更增新的气质，

渊博才华载回异邦艺术之仓。

他那学识、气度、形象，谁不钦羡、敬重？

但，

只能偷偷在心底收藏！

如此，丁玲窥知了她的心事，原来她是在偷偷爱着瞿秋白！

长久的相处，深厚的友谊，使得丁玲决定帮助他们这对有情人。于是，她抓起王剑虹写给瞿秋白的这些情诗，去到瞿秋白处。当瞿秋白将这些诗稿握在手中时，心中激动不已，那困扰已久的纠结情愫也有了出口。当听到丁玲说王剑虹正因这事儿苦恼要回老家时，他毫不犹豫地冲到王剑虹的住处，决心将她留住。

他在王剑虹面前沉默了一阵之后，深情款款地将表达了自己满满情愫的小诗交到王剑虹的手中。

倩女传书似红娘，

笨傻张生喜若狂。

急赴闺阁拜莺莺，

两朵红杏终出墙。

就这样，两个人总算捅破了那层纱，走到了一起。

后来的后来，瞿秋白为此还专门写了一首诗给他们的“红娘”丁玲，说她是安琪儿，赤子之心，以此来感激她为他和王剑虹的爱情所做的帮助。

（三）你终是属于天上的人儿

1924 年 1 月，他们结婚了。婚后的生活，令人艳羡。

每天，瞿秋白都精力充沛，心情愉悦，有王剑虹的日子，于他仿似听了一首悦耳的歌。他常常在外忙了一整天，回家都归心似箭的，坐在书桌前，看书、写文章，点一支烟，然后抬头看见王剑虹一张笑颜，什么烦恼便都没有了。他最喜欢跟王剑虹谈诗，时常还会把他们最爱的诗句，刻在各种各样的精致的青田石、寿山石上。

他也写诗，每天都写，写得最多的是情诗，给王剑虹的情诗，一篇又一篇，都凝聚着对她满腔浓稠的爱意。尤其在新婚不久后，他赴广州出席“国民党第一次全国代表大会”期间，他是几乎每天都要寄给远在上海的王剑虹一封情书，五彩布纹纸上除却满眼的思念，偶尔还会有情意绵绵的情诗。

譬如：“……你偏偏爱我，我偏偏爱你，这是冤家，这是‘幸福’。……这是人间何等高尚的感觉！我们要一个共同生活相亲相爱的社会，不是要——机器、楼房啊。这一点爱苗是人类将来的希望。”

情书中还夹着这样一首诗：万郊怒绿斗寒潮，检点新泥筑新巢。我是江南第一燕，为衔春色上云梢。

这样的生活，充盈着的无限爱意，是如糖、如蜜的，且甜在了两个人的心间，绵延、漫长……

只是，好景不长，仅仅半年的时间，厄运就降临了。王剑虹突然病重不起。

她不幸患上了肺病，这在当时可是不治之症。原来，她的母亲和姐姐都是患肺病死掉的，瞿秋白自己也患有肺病，只是，不知道到底是谁把这个病传染给她的。姑且不论谁传染给她的，最恼人的是，在最初还被医生误诊了，竟然是以怀孕的反应来调理的，待到确诊为肺病的时候已没有什么药物可以治疗了。

也许，是她命薄吧。生活刚刚趋见蜜糖，就出了这档子事儿。

面对着日趋消瘦的妻子，瞿秋白有着深重的不安，他不知道妻子的病是不是自己传染给她的，每次想到这块他都心如刀割，不能自已。他拿出所有的精力来照顾她，都觉得力不从心，这让他痛苦不堪，也恐惧非常。他给已经离开上海到湖南的丁玲写信说："我好像预感到什么不幸。"

而王剑虹也知道自己时日不多，于是在一个暖阳的午后为瞿秋白写下了这样一封信：

秋白：

我生活在你的爱抚之中，虽然只有半年，我已经感到无比地满足了。

半年不过是人生激流中的一片涟漪，然而它却是无比绚丽多彩的一朵浪花。病魔纵然夺走我的生命，但不能夺走我对你的爱。

南京莫愁湖上的月夜真令人留恋。你把爱的诗句刻在美丽的雨花石上，让我永远地珍藏。那时，你曾经教我吟诵普希金的诗，此刻我又想起那美丽真诚的诗句，就让我摘用来向你永诀吧！——我那么温柔专一地爱过你，我一点也不愿使你难过悲伤，愿上帝给你另一个人，也像我爱你一样……

这是王剑虹留下的遗书，也是王剑虹最后告别人世的绝笔。文中，不见丝毫的忧伤，因为有爱，面对死亡，她无怨无悔；因为爱人，面对死亡，她不曾畏惧。她唯愿上帝再给瞿秋白一个爱他的人，如此，她才觉欣慰！

这样的可人儿，真不枉瞿秋白一生将她窝在心底珍爱；他也在她去世后在她的照片后面写下了“你的魂儿我的心”的表白。

想起三毛的那句话，“男人是泥，女人是水，泥多了，水浊；水多了，泥稀；不多不少，捏成两个泥人——好一对神仙眷侣。这一类，因为难得一见，老天爷总想先收回一个，拿到掌心去看看，看神仙到底是什么样子。”

那一年的7月间，王剑虹带着对瞿秋白的无限眷爱逝去。

好友丁玲，赶到上海时，已人去楼空。王剑虹的棺木，停放在四川会馆。此时的瞿秋白，因要参加“国民党中央政治局委员会”举行的第一次会议而不得不南下广州。丁玲的到来，两人并没能见面，丁玲只收到他留下的一张用白绸巾包裹着的王剑虹的照片，丁玲打开看到瞿秋白在后面写下的字：你的魂儿我的心。

为此，在丁玲的内心有着对瞿秋白的怨气。

后来不久，当瞿秋白与杨之华结婚，丁玲心中的那股怨气更甚，她一直认为王剑虹致命的肺病是瞿秋白传染给她的，如今时日不长，王剑虹的墓碑处还残存着思念的温度之时，瞿秋白就再婚，无论如何丁玲都觉得瞿秋白是不可原谅的。

那年，世人的心中也是有着丁玲心中的那份不可理解在的。

爱妻尸骨未寒，就早早再婚，于情于理都有点说不过去，更何况他们曾爱得那般如胶似漆。

事实上，瞿秋白从不曾将王剑虹忘却。

她始终活在他的心中，直到他生命的最后一刻。且看：

在1935年，瞿秋白不幸被捕，被关押在长汀的国民党监狱，面对敌人的利诱、酷刑，他未曾有一丝一毫屈服。如此，他自己亦知自己必死无疑，在生命的最后时刻，于囚室中写下了七首诗词，其中一首《梦回》即是怀念爱妻王剑虹的：

山城细雨作春寒，料峭孤衾旧梦残。

何事万缘俱寂后，偏留绮思绕云山。

此时，离王剑虹离世已然十一年之久，但是，在他的心中她依然还隐约在心间，成痛、成瘾——即便是在“万缘俱寂”时，他仍“偏留绮思绕云山”地爱恋、思念着她，且绵绵不绝。

他对她的爱，诚如丁玲在《我所认识的瞿秋白同志》一文中写道的那样：“尽管他们这段生活是短暂的，但过去这一段火一样的热情，海一样的深情，光辉、温柔、诗意浓厚的恋爱，却是他毕生难忘的……剑虹在他心中是天上的人儿，是仙女……”

大爱希声，这两个多情的人儿，以旷世绝笔为世人留下的是一曲心心相印、爱情不死的佳话！抒写的是一曲烟火拼尽全力的绚烂。

尽管短暂，但深刻，但刻骨铭心！

这一世的美好，皆因一个你

胡兰成 to 张爱玲

生性执着的姑娘一旦爱错了人，这一生便会被自己逼进墙角，无法解脱。

爱玲就是一个执着的姑娘，她爱得炽热，却理智。

她懂得放过对方，不痴缠，却放不过自己。

深爱一场，爱里的日子虽美，但终是自我枯萎。

怎样才能是爱对一个人？

爱一个懂自己的，却不忠于爱情的人；爱一个忠于爱情，却无法心灵相通的人。

哪种爱情才值得自己去低到尘埃里，一再慈悲呢？

最美情话

◎“那时只有一个念头，‘世上但凡有一句话，一件事，是关于张爱玲的，便皆成为好’。”

◎“你说你一会儿来看我，我就饭也不吃了，坐也不是，立也不是，吩咐青芸泡茶，只等你来了。”

◎“三国时东京最繁华，刘备到孙夫人房里竟然胆怯，爱玲你的房里亦像这样的有兵气。在爱玲面前，我想说什么都像生手抱胡琴，辛苦吃力，仍道不着正字眼，丝竹之音变为金石之声。”

◎“我本自视聪明，恃才傲物惯了的，在你面前，我只是感到自己寒伧，像一头又大又笨的俗物，一堆贾宝玉所说的污泥。在这世上，一般的女子我只会跟她们厮混，跟她们逢场作戏，而让我顶礼膜拜的却只有你。”

◎“愿使岁月静好，现世安稳。”

◎“爱玲，记否我们初见时我写给你的‘因为相知，所以懂得’？如今看来，我终究是不能明白你的。你原是极心高气傲的，宁可重新回到尘埃之中，也不甘让我时时仰望了。之前我竟一直愚笨到想你永远是我窗前的那轮明月，我只要抬头，是时时都能仰望见你的。”

◎“爱玲一直在我心上，是爱玲不要我了。”

◎“我想象不出那一屋的华贵随你到了哪里，那一层金黄的阳光如今移居到了哪儿，还有那随风翻飞的蓝色窗帘遗落在何处。离开的时候第一次没走楼梯，我在这昏黄的公寓楼梯间里隔着电梯的铁栅栏，一层层地降落，仿佛没有尽头，又恍惚如梦，我仿佛是横越三世来见你的，而你却不在。”

◎“想你与我之间的事，仿佛是做了一场梦，你是一直清醒着的，而我……

梦醒来，我身在忘川，立在属于我的那块三生石旁，三生石上只有爱玲的名字，可是我看不到爱玲你在哪儿，原是今生今世已惘然，山河岁月空惆怅，而我，终将是要等着你的。”

他和她的爱情

因为懂得，所以慈悲

他因为一篇文章，而爱上了写这文字的人。他几经周折，也是知道了她的情况，得到了地址，便欣然前往，只是未曾想到的是吃了一个闭门羹。他略微有些不甘心，就留下了一张小字条。也正是这张小字条，改变了那个叫张爱玲的女子的一生。

冷傲的张爱玲，在触及“胡兰成”这三个字的瞬间即刻心头一颤，见还是不见胡兰成让她犹豫了好久，最后拗不过内心对才子的仰慕，终是见了。

在他看来，她像旧屋下的贵族女子，只能多瞧几眼，却亲近不得。而她遇见了他，仿似等到了那个真正懂她的人。

“我变得很低很低，低到尘埃里，但心里是欢喜的，从尘埃里开出花来。”

就这样，初见的两个人，还没熟稔就彼此爱慕起来。

他们最终走到了一起，开始了一段“倾城之恋”。

一纸婚书上，他写上了“愿使岁月静好，现世安稳”，她即甘愿就此为他洗手做羹汤了。他们两人爱得整日腻在房中，“男的废了耕，女的废了织。”就连出去走走都觉得浪费了时间。

他们相恋之初，恨不得将自己打碎了，融入对方。但岁月动荡，难以安稳，他逃亡外地。他本就风流多情，逃亡期间便背离他们的爱情。而她，却不是爱情里随便的人，怎奈爱了这样的情种，便伤了心、伤了性灵，放下即兀自萎谢了，再爱不了人。这以后，她的人生全然融在了爬满虱子的华丽袍子里。

即便这爱情诉来凄恻、哀伤，然而世人皆记得他们之间热恋时的情动，以及他妙笔生花下写给她的情话。

世人皆说，她爱上了一个人渣，但对爱玲来说，这是她一生中最好的爱情，除了胡兰成，无人能替。因为这个多情的才子，给她的不只有爱情，还有最深的懂得。

（一）开在尘埃里的花

1944 年初春的某一天，闲来无事的胡兰成在南京家中的花园里，边晒太阳边读《天地》月刊。当读到一篇文章时，他“不觉身体坐直起来，细细地把它读完一遍又一遍”。这篇文章的作者就是张爱玲。就此，他便“只觉世上但凡有一句话，一件事，是关于张爱玲，便皆成为美好”。

于是，几经周折问苏青要了爱玲的地址，欣然前往其居住的常德公寓。

肉桂粉色的常德公寓大楼，鹤立鸡群于闹猛的街头，一如张爱玲的行头，虽不是什么华贵的衣料，却自有一番惊艳在里头。

平原缅邈，山河浩荡，他纵然可平视王侯，也是无法仰止她那正大仙容的貌的，因为彼时的爱玲，喜僻，不喜应酬交际，所以当他出现在她公寓门前，她拒绝了。

他素来有着锲而不舍的精神，固执地将一张字条从门缝里塞了进去。他在字条上写下了自己见她的初衷及对她的仰慕，末了还留下住址、电话号码，并用隽秀的字签上自己的大名。胡兰成，这三个字在当时还是有惊动山河的力量的。当爱玲看到“胡兰成”三个字时，心即被惊动。耳闻下的才子，她有了要去拜访的心。

张爱玲那时还是有些犹豫的，在细思量下，才于第三天打电话给胡兰成，说要去看他，不久就到。

于是，一纸字条，改变了她一生的情愫。

初见，如同并蒂而生的合欢花，是各自心内生出不同的艳。胡兰成觉得她是“陌上桑里的秦罗敷，羽林郎里的胡姬”，有着怡淡深静的动人；爱玲则在他的面前“低到尘埃，开出花朵”的艳美，一颗少女的心有了萌动。

他们相谈甚欢，竟不知不觉地消磨掉五个多小时，像一对熟稔的老友，也像一对缠绵的情侣。临别时，也是依依不舍的。他送她到弄堂口，巷子长长，两人并肩而行，他看着她，恋恋不舍；她望着他，则心生爱意。

次日，他便迫不及待地去她的公寓见她。

她的房里竟华丽贵气到使他不安，是犹如三国时刘备进孙夫人的房间才有的兵气。这样的房间，加之自有一番艳在那头的爱玲，他是彻底情动了。女人，素来在他的眼里是常客，然而，遇见像是如“孙夫人那样有着兵气”的脂粉女子，今生还是头一回。

那日的爱玲很美，穿着一件宝蓝色绸袄裤，戴着最爱的嫩黄边框的眼镜。以至，多年后他还对这些细节有着清晰如昨的美好记忆。

之后，他每天都去看爱玲，也总是会有一番胶着缠绵在的。

某一天，他向爱玲提及刊登在《天地》上的照片，爱玲便即刻取来送给他，并在后面题上这样几句话：“见了他，她变得很低很低，低到尘埃里。”她是将少女那颗情愫深浓的心迹都表达在这字句里了。

他也知道如何回馈这个睿智的女子，在洋梧桐树抽出新芽的黄昏，他把她修长的手贴在胸前，蜜语甜言道：“我们永远在一起好不好？”她深情望他，盈盈一笑，就似把头埋在他的怀里。

自此，他们这两个多才、多情、离经叛道而彼此欣赏的人走到了一起，开始了后来被世人传诵经久的一段传奇之爱。

那一年，他三十八岁，她二十四岁。

（二）因为懂得，才一再慈悲

爱玲，原就是那“陌上游春赏花，亦不落情缘的一个人”，所以遇着心仪的胡兰成，她就此甘愿为君洗手做羹汤。

胡兰成，则不再是那“百花丛中过的浪荡子”，而是晨出夜归只看张爱玲。

他们，由此一个“一夜就郎宿”，一个“通宵语不息”。

爱情，就是这样贴景入心，令人读来心生温暖。

那时，胡兰成还在南京办公，一个月回一趟上海，住个八九天的样子。他不回自己美丽园的家，而是径直赶到赫德路的常德公寓，先去看张爱玲。两人在一起，每每喁喁私语无尽时。

张爱玲爱得尽情投入，一颗心全系在他的身上，那么冷傲的一个人，竟还为了取悦他，每每与他相处，必穿那双自庙会上买来的双凤绣花鞋，及那件“闻得见香气”的桃红色旗袍。因为，他喜欢她这样穿。

关于这段爱情，反对的人比比皆是。

因为他不仅有着汉奸的政治身份，还有着妻室，更有着无数风流债。

然而，张爱玲全然无视，也知他是那心性使然的人。因为，他是这世界上最深懂自己的人。

也是。胡兰成是深懂她的，懂她贵族家庭背景下的高贵优雅，诚如他说过的：“爱玲，就像旧时屋檐下的贵族女子，只能多瞧几眼，却亲近不得。”他也懂她因童年不幸而生出的如骨血般附着在身体里的及时行乐的思想。就因为这样的“懂得”，张爱玲才不惜一切地倾尽所有地爱他。也因此，她写道：“因为懂得，所以慈悲。”

她就是这样一个俗世之外特立独行的女子。她不会以尘世的俗念来衡量一个人，她也没有什么政治观念，所以，他在她的眼中不是汉奸，也不是风流债满身的人，而是一个懂他的男人，一个她爱的男人，仅此而已，所以她从来没想过俗世里的天长地久。

便如此,她在他的第二任妻子提出离婚时,就和他结了婚。

没有法律程序，只有一纸婚书为凭。

他说，他怕时局凶险，自己的身份会拖累了她。她无任何异议，在没有任何仪式，只在好友炎樱为证下嫁给了他。婚书上，她写了前两句：“胡兰成与张爱玲签订终身，结为夫妇”；胡兰成撰了后两句，即后世流传颇多的：“愿使岁月静好，现世安稳”。

只是，世景荒芜，现世已再无安稳可言。

日军投降，时局变得严峻，胡兰成有了危机感，他对张爱玲说：“将来日本战败，我大概还是能逃脱这一劫的，就是开始一两年恐怕要隐姓埋名地躲藏起来，我们不好再在一起的。”张爱玲笑道：“那时你变姓名，可叫张牵，或叫张招，天涯地角有我在牵你招你。”后来，竟真有了别离。胡兰成要到湖北接编《大楚报》，于是与张爱玲有了长期的分离。

那时，真是乱世。时常有警报和空袭，某一日，胡兰成在路上遇到了轰炸，人群一片慌乱中，他跪倒在铁轨上，以为自己快要被炸死了，绝望中，他只喊出两个字："爱玲！"彼时的他，还是全心爱着张爱玲的。然而，他毕竟是个情种，风流的细胞时刻如海潮涌动不已。很快，他便与汉阳医院的小周如胶似漆起来。

远在上海的张爱玲，还对此一无所知，仍热烈地写信给他，细细碎碎地向他诉说着她生活的点滴。她就是这样投入地爱着他。

直到他从武汉回到上海，在和张爱玲相处了一个多月后，才将小周的事情告诉张爱玲。张爱玲的心，着实被刺伤了，她自始至终都以为自己和他的爱是那样坚贞不渝的。听着他那么说着，她怔怔地站在那儿，任凭心碎落一地；她不发一言，泪流满面。但是，她仍无法抑制住对他的深爱，当他拥她入怀，深深地吻着她道：爱玲，这一生我最爱你！她就瞬间被俘获。

她决定，默默承受，决定，仍继续爱他。

诚如，她写给他的那句"因为懂得，所以慈悲"！

（三） 真正的爱，不是疯狂而是理智

乱世的人、事，最经不得细数。

她和他生活的那个世界真是个乱世呀，凡事都经不得细数！

那一年的5月，他在张爱玲处小住了一个多月后，又回到了武汉。从相遇到分离，总以为能倾国倾城，一旦转身什么都不可能。一见到小周，他便有了回家的温暖感觉——他又忘记了张爱玲的存在。

恰逢时局大乱，8月日本投降，重庆方面准备惩办汉奸，他感觉到末日来临，不得已逃到了浙江，化名张嘉仪，称自己为张爱玲祖父张佩纶的后人，住到诸暨斯姓朋友家里。果真，他改姓为张，只是没叫张牵或张招，只是忘了这世间还有个叫张爱玲的女子是自己的妻，他竟爱上了斯家庶母范秀美。

范秀美，大他两岁，曾为斯家老爷生有一女。

斯家人本是好意，觉得这乱世中，还是安排他到温州的范秀美的娘家避难比较牢靠。于是，由范秀美相送，一路陪伴着他。然而，就是在这一路中，他以其倾城的风流手腕又勾引上了范秀美。还没到温州，他们竟已然做成夫妻，

到了温州，他们亦是对范家人及邻居以夫妻相称，事实上也是过起了夫妻的生活。

张爱玲还一无所知地爱恋着他，因为思念，也因为小周，便决定去温州找他。

经过一路的心事重重，张爱玲对着胡兰成只说了句，“我从诸暨丽水来，路上想着这是你走过的，及在船上望得见温州城了，想着你就在那里，这温州城便就像含有宝珠在放光。”这时，爱玲还不知有范秀美的存在，所以她的心底因为有他居住的缘故爱煞了温州这座城池。

为了局势的考虑，为了不让邻居揣测，逗留温州期间，张爱玲是住在一家小旅馆里的。他白天去陪她，晚上则去陪范秀美。这次的相见，于张爱玲是生分的，即便是日日依旧伴在房里，亲近中却是有着生分。有时四目相视，半晌没得一句话，忽听得窗外牛哞，竟是面面相觑，诧异发呆一阵子。一日，张爱玲告诉前来的胡兰成道：“今晨你尚未来，我一个人在房里，来了只乌鸦停在窗口，我心里念诵，你只管停着，我是不迷信的，但后来见它飞走了，我又很开心。”

爱恋里，女性的直觉最是准确。张爱玲也不例外，她是察觉出了异样的。

再一日，她夸范秀美模样俊美，要给她画像。范秀美端坐在那儿时，张爱玲心底深处被惊动了，她只勾勒了脸庞、眉眼、鼻子，待画嘴角时是再无法继续下去。于是停了笔，说什么也不画了，也不解释，只是一脸凄然悲怆。

待范秀美走后，在胡兰成的一再追问下，她半晌才说出："我画着画着，只觉得她的眉眼神情，她的嘴，越来越像你，心里好不震动，一阵难受就再也画不下去了。"

张爱玲是既聪慧又敏感的女子，怎会察觉不出他和范秀美之间隐匿着的情愫呢？因为爱他，更能体味到。

这一次，她彻底神伤，且伤了性灵，再不愿爱任何人。

她决绝离开。

他打着伞到码头送她，天公应有情，竟应景似地下起了淅沥的小雨。她望着雨，望着雨中的他，为了这个自己用生命深深爱过的男子，哽咽到不能自已，不过，还是叹息地说出："你到底是不肯。我想过，我倘使不得不离开你，亦不致寻短见，亦不能够再爱别人，我将只是萎谢了。"

不几日，张爱玲寄钱给他，也有信道，"那天船将开时，你回岸上去了，我一个人在雨中撑着伞站在船舷边，对着滔滔黄浪，伫立涕泣久之。"此后，两人偶有通信，张爱玲也依然会用自己的稿费接济他，怕他在流亡中受苦。

她在心里爱得委屈，却仍还是爱着。

只待到胡兰成有一次途经上海，她才彻底决定放弃。

在危险中，他在张爱玲处住了一夜。此时的他，不但不忏悔自己的滥情，反过来却指责张爱玲对一些生活细节处理不当；他还残忍地问她对自己写小周的那篇《武汉记》印象如何，又提及和范秀美的事，张爱玲听后自是十分冷淡。是夜，张爱玲和他分室而居。在心里，她是打定主意要跟他划清界限了，只是那时张爱玲仍还对他情有不舍。在清晨十分，当他到了自己床前道别，俯身吻她时，她忍不住伸出双手紧紧地抱住了他，泪水如雨下，哽咽中只叫了句“兰成”，再喊不出任何。

至此，她深知这一生最美的爱情，再无挽回的余地了，已经走到了辛酸的尽头。

这一次，也成了他们最后一次的见面；这以后，他们再不曾谋过面。

待到 1947 年 6 月，她给他寄去一封诀别信，并随信附上了自己 30 万元的稿费。信中写道：我已经不喜欢你了，你是早已经不喜欢我的了。这次的决心，是我经过一年半长时间考虑的。彼惟时以小吉故，不欲增加你的困难。你不要来寻我，即或写信来，我亦是不看的了。

彼时，胡兰成已经脱离了险境，正在一所中学教书，生活也处于一种安稳状态。

张爱玲，是故意选在他一切安定的时候，来跟他诀别的。可见，她爱他如此之深，即便是分开了，在她的心底仍还在爱着他。

看到这些，真是让人心酸。

想她的心自遇到他之后，就只为他一个人造就一座单幢的房子；然而，他的心却是一所公寓，且公开招租，时年里他雁过留痕，残忍地留给她的心一片废墟。多悲凉，多悲哀。她从来都以为是他生命中最璀璨、最特别的那一个，或朱砂痣，或床前明月光，甚而只是一朵独特的玫瑰；然而，于他，在炫耀他阅尽千帆的《今生今世》里，她的笔墨篇幅也跟其他女子没什么不一样，她也不过是他爱过的其中一个而已，不见偏爱，不见特别的。

她最欣赏的同时期的作家苏青曾说过："婚姻不如意，便是顶薄命的事。"

女子再是八面玲珑，如若遇不上一个真正体己暖心的男子，一生终究是要遗憾收场的。

想她这般艳绝的奇女子，亦没能例外，一支笔写尽人世情爱，却也未能逃脱掉"人生若只如初见"的感伤。

尾语：

我想，胡兰成定是“天上地下，没有得比较”般地爱过她张爱玲的。

不然，他不会托爱玲的挚友炎樱从中缓和关系，以再修好。

他去信炎樱道：“爱玲是美貌佳人红灯坐，而你如映在她窗纸上的梅花，我今惟托梅花以陈辞。佛经里有阿修罗，采四天下花，于海酿酒不成，我有时亦如此惊怅自失。又《聊斋》里香玉泫然曰，‘妾昔花之神，故凝今是花之魂，故虚，君日以一杯水溉其根株，妾当得活。明年此时报君恩。’年来我变得不像往常，亦惟冀爱玲以一杯水溉其根株耳，然又如何可言耶？”

心疼张爱玲的炎樱，自是不曾理会这样的胡兰成，而张爱玲也更是不会理会他了。

1955 年，她换上最爱的那袭旗袍，去了美国。终其天年，再也没有回来过。

四十年后的一天，她干净地在自己的寓所里逝去，身上依旧是那袭旗袍。她这个“从来不牵愁扯恨”的女子，是最长情的女子。就比如，她爱他。即便是后来和一个叫赖雅的男子结婚，在心底深处她仍对他动情不已。因为这袭旗袍，是他最爱的那件。

老去的胡兰成，曾吟念着李商隐的“星沉海底当窗见，雨过河源隔座看”的诗句来纪念他和张爱玲的爱情，并用“舞低杨柳镂心月，空灵妩媚，又登高望远，江天辽阔”古意的《今生今世》来将他和张爱玲的故事倾写。只是一代旷世才女，早“自将萎谢了”。

她曾得千万人之中遇见唯一之人的欢悦，也曾得千万年之中守住情爱一刻的永恒，然而，她的欢悦无永恒，永恒无欢悦，皆因她遇之良人不是那唯一。

京剧舞台上，素来有锣鼓在铿锵地鼓打着，越来越快，越来越快，终于“哐”的一声的场景，于是，一切都归于悄无声息，这是张爱玲最喜欢的反高潮。她在她的书里，曾万千如此写着，现实里她自己却是最真实的版本。

“没有哪一段爱情不是千疮百孔的。”这是她说过的句子。

公元 1995 年，她带着满身疮痍的爱情往事，静静地跟这个世界告别。

诚如安意如说的，“自此，一个流光飞舞、金沙弥漫的上海时代彻底结束了。”

不过，我知道，在这个时代流走的背后，经久流传的是他曾写给她的那些缠绵悱恻的情话——

梦醒来，我身在忘川，立在属于我的那块三生石旁，三生石上只有爱玲的名字，可是我看不到爱玲你在哪儿，原是今生今世已惘然，山河岁月空惆怅，而我，终将是要等着你的。

……

爱到最后，却成了最亲密的老友

胡适 & 韦莲司

对真正爱过的人来说，得不到，或已失去，对她的爱都无伤，她只活在自己的爱的世界里。

这一种默默守护的爱，是拍岸惊涛，映世红日，有相思成海的坚守，有两忘烟水的气度。

只要爱了，便觉得这一生，无憾事在心头！

最美情话

◎“今天，我在你家吃了感恩节晚餐，我们都很尽兴。可是我觉得很难过，因为你无法和我们共度。”

◎“上周四夜晚，我深感惆怅，寒风吹落了窗前所有的柳条，竟使我无法为一个远去的朋友折柳道别。我甚至连照片都没拍一张。”

◎“我所需要的是一个舵手来引领我。然而，到目前为止，除了你以外，从来就没有一个人能够给我这个我真正需要的东西。”

◎“两个黄蝴蝶，双双飞上天。不知为什么，一个忽飞还。剩下那一个，孤单怪可怜；也无心上天，天上太孤单。”

◎“枫翼敲帘，榆钱铺地，柳棉飞上春衣。落花时节，随地乱莺啼。枝上红襟软语，商量定，掠地双飞。何须待，魂销杜宇，劝我不如归？归期今倦数。十年作客，已惯天涯。况壑深多瀑，湖丽如斯。多谢殷勤我友，能容我傲骨狂思。频相见，微风晚归，指点过湖堤。——《满庭芳》”

◎“自我与子别，于今十日耳。奈何十日间，两夜梦及子……”

◎“在绮五日，殊难别去。”

◎“在过去悠长的岁月里，我从未忘记过你……”

◎“应念贞赫江上，有个同心伴侣，相望尚依然。”

他和她的爱情

情深五十年 一望一生

在赴美留学四年后，胡适遇见了自己的初恋。

那爱火如同野火燎原，绵延了一生一世。

那是一个叫艾迪丝·克利福德·韦莲司（Edith Clifford Williams）的美国女子，她比胡适大六岁，不过，年龄在爱情面前永远不是阻碍。

在伊萨卡市北部丘陵地山道上的一座美丽的宅邸里，客厅的暖炉前，抑或宅邸前的湖畔，都成了她和胡适的约会之地。他们彼此倾慕，互为对方心中最理想的恋人。

一年间，因为情难自禁，胡适写给她的信竟达百余封。而这其间，他们也经常见面，谈人生、谈理想、谈自由，或在郊外散步，或在公寓约会，或看傍晚日落，感知栉月夜凉风……将恋人间的风花雪月淋漓演绎，将恋人间的浪漫情怀一一上演。

只是，他们这爱仿似没遇上对的时间，注定有缘无分，总有这样的阻拦或那样的阻碍挡在他们的爱情面前，让他们不得向前，无法靠近执子之手的美好。

他们之间的爱情，被一道道高不可测的石墙阻拦住了。

胡适并非一个敢爱敢恨的人，他没有勇气带着韦莲司跨越这石墙。于是，他们不得不还没言说爱，就分手；不得不忍着悲伤，言说别离。

这之后，他回国，留给韦莲司这个倔强女子的，是与他美好爱情的甜蜜。

在之后漫长的岁月里，韦莲司抱着这甜蜜，孤寂了一生。她是在这世间寻不到能再给她这甜蜜的男子了，遂将那段爱情当作了自己的男人。

再相逢，已是十年后。她是想就此飞蛾扑火要定这爱情，然而，时年的他有妻、有情人，再说距离也隔断了最绵软的胶着。终是不能真正相爱，徒留了遗憾的伤感，爱意的情话，也只能残存在那些书信里，直至他们中的一个先逝去。

有人曾说："他和她的爱情，淡然得像友谊一样，纯洁得让人无法置信。五十年前，当胡适遇上韦莲司，便注定了之后五十年要发生的事情。那是五十年的隔洋相望。"

他们深情五十年的陈迹残影，皆存留在那些蜜语的情书里，这是他们生命中最好的爱情。

（一）初遇·她不是美人，是健谈者

1910 年，胡适作为庚子赔款的第二批公费留学生，来到了美国位于绮色佳的康奈尔大学。

初到时，他即在校外橡树街租屋居住。因性情本就开放，他很快便融入这个地方，并经常去一些当地人家吃饭、聊天，交往最密切的是韦莲司一家。不过，他们未曾谋面，因为那时韦莲司正在纽约学习绘画和雕塑，正接触着一些前卫的艺术家，而她那时的某个雕塑作品还曾被视为“触觉主义”之滥觞者。因而，胡适结交的是除她之外的家人，尤其是她那女王范的母亲。她的母亲，严谨、庄重，热衷于接待中国留学生。胡适的温文尔雅，很是讨她喜欢。

缘分，就是这样奇妙。

虽然胡适还未曾与韦莲司谋面，却是将她的种种了解了个透底。她没有接受过完整的教育，尽管她是一个地质学教授的女儿；她喜欢自由，多年来一直在游荡，去过意大利、英国，还有古巴等。而今，在美国她是“纽约独立艺术家”协会的成员。

所有这些“听闻”，对于一个来自徽州乡村的胡适而言，绝对是个高山仰止的存在。

1914 年的夏天，韦莲司正式出现在胡适的生活中。

他们初遇，在韦莲司绮色佳的家中，一相遇就颇感熟稔。于是，他们结伴出游，“循湖滨行，风日绝佳。”据说那天他们走到路的尽头，折向东边，走了数里地，到了一个名叫“厄特娜”的村庄，才掉头而归。刚刚雨过天晴，一路上是“落叶遮径，落日在山，凉风拂人，秋意深矣”，好不惬意。他们一共走了三个多小时，相谈甚欢，却并不觉得天晚路长。

后来，胡适回忆她并将这些美好记忆，一一写在了自己的日记里。

后来的后来，他还为此填了一首词，“十年作客，已惯天涯。况壑深多瀑，湖丽如斯。多谢殷勤我友，能容我傲骨狂思。频相见，微风晚归，指点过湖堤。”

这个重精神远物质的女子，于身在异国的胡适而言，是以满月般的美好意象而存在的。他也给了她最高的评价：“其人极能思想，读书甚多，高洁几近狂狷，虽生富家而不事服饰；一日自剪其发，仅留三寸许，其母与姊腹诽之而无可如何也。”

事实上，他们是惺惺相惜的。

韦莲司，这个特立独行的美国女子，是张扬的、落拓不羁的，把世间法则斜睨的；胡适呢，英俊潇洒，儒雅风姿，是聪明绝顶的，但却在经年的传统世俗的熏染下被束缚着。所以，韦莲司的出现，对于他来说是一道光亮，为他劈开了一个世界，这是再多貌美如花的女子都不可跟其比拟的——她这个新锐的女画家，是以四两拨千斤的功力轻易地将胡适思想深处那诸多的成见给颠覆掉，并且教会了胡适：原来还可以这样活着！

因为遇到了韦莲司，胡适对女子的观念有了大不同：过去，他以为最好的女子是贤妻良母；今次，最好的女子是能独立、能自由！

波普艺术的倡导者和领袖安迪·沃霍尔曾说：“我其实不特别喜爱‘美人’。我真正喜欢的是‘健谈者’。对我来说，好的健谈者都很美丽。健谈者实际上是在‘做’一件事。美人是在‘当’一种人。跟在做事情的人在一起要有趣多了。”诚如此，原非美人的韦莲司于胡适而言，是让他心悦神怡的“健谈者”，这也是她魅力久久的缘故。

男女间的爱情，往往起于欣赏，进而爱慕的。

胡适也是如此。和韦莲司在湖边漫步一个多月后，他热烈地给她写了一封情意绵绵的信，在信中他如此写道：

我简直没法表示在过去的几个月里——多么短暂的几个月啊！——我是如何沉浸在你的友谊和善意之中。我不知道在此邦我这么说是不是不合适——一个朋友对另一个朋友说，她曾经是他最感念，也是给他启发最多的一个人，要是这么说有违此地的社交规矩，那么，我相信，这个社交规矩本身是不对的。

这是胡适写给韦莲司最情深的一封信，也是他现存书信里，最为主动、最为柔情的一封。这之后，因为各种现实世俗的牵绊，他再未写下过如此缠绵的信。而他这书信，也被周质平称为“艳体”，江勇振称为“少年维特式”书信，如此下，可见胡适对韦莲司怀有的情思是多么深浓。

他爱慕她，并想要和她比翼齐飞步入婚姻。

（二）相爱，需要天意的馈赠

爱，有天意。所有的爱，不是爱了就可以，要有天意的馈赠才可以真正获得。

胡适和韦莲司的爱情，就是最好的例子。

尽管两人彼此吸引，彼此爱慕，然而总缺了一份天意的注定。他们只爱在了心头，未曾在现实里实质上轰轰烈烈地大爱一场。

原由颇多。

韦莲司的女王范母亲是其中之一，观念保守的她，无法容忍自己的女儿和一个男子单独约会。因为，时年的美国还处在一种比较保守的状态，男女间相处，无论聊天、郊游，抑或其他，必须得有一个中年已婚妇女的同行，若一时找不到，也要有第三人在场，否则便会被视为伤风败俗，遭人闲话。一次“独处”事件的发生，使得胡适和韦莲司多年的交往中，都会有一个韦莲司的母亲在旁“监视”。这无形中让他们年轻的稚嫩的爱情趋于淡化、碎裂，即便心中有爱火熊燃，在她母亲的面前也会被硬生生地扑灭。于是，多年的留学生涯里，他们俩虽相处颇多，却无实质的爱意情浓的胶着，渐渐，这爱情便悲哀地朝着友谊的方向发展了。

心，也会有苦楚的。比如，有一年的感恩节，他照例到韦莲司家吃饭，但是恰巧韦莲司那天有事提前回了纽约，由此触动了胡适心底爱情的伤，当晚他给韦莲司写了一封倾诉怅然思念她的信：

“今天，我在你家吃了感恩节晚餐，我们都很尽兴。可是我觉得很难过，因为你无法和我们共度。”

“上周四夜晚，我深感惆怅，寒风吹落了窗前所有的柳条，竟使我无法为一个远去的朋友折柳道别。我甚至连照片都没拍一张。”

胡适的母亲，则是另一个缘由。

当他和韦莲司过往甚密的消息，从异国飘回故乡时，街坊邻里都在茶余饭后闲谈，说他们胡家的大学士出洋娶了个洋太太时，胡适的母亲便再也坐不住了。她是连连托人写信，催胡适回家完婚。

与此同时，急坏的还有胡适的未婚妻江冬秀。

这个比胡适大一岁的女子，跟韦莲司的才学、见识都是无法相比的。她没读过多少书，还固守着媒妁之言的约定，认为若被悔婚，这一生便被废掉了。更何况，他们在十二三岁时订婚，她已然在家乡苦苦等待了他十几年。胡适若是将她弃之另娶，她将身安何处，情何以堪？

不过，她是真不了解胡适的，这个现代史上力主自由、独立新思想的标志性人物，在自己的婚姻大事上却是仍恪守着父母之命。缘由无他，只因他是孝子。被母亲独自抚养长大的他，深知母亲为他能有一个称心的美满姻缘的迫切的心，因而即便和韦莲司相悦，他未曾动过悔婚另娶的念头。

其实，细细说来，那些原因都不是最主要的，最难以攻破的石墙还是他自己。

他一直有着自己的婚姻观和责任感，在他的心中，娶妻不一定要娶一个才女，因为他说过，“吾见有读书作文，而不能为良妻贤母者多矣。”他的观念里，妻还是贤良淑德的好。更何况，从母亲的信中，他深知江冬秀贤良淑德，尽得母亲的心。如此，够了。若是按着自己的心意来取舍一个妻，那么自恃清高的他，定将终身孤居一生。更何况，他并不是骨子里随性纵情的人。

因此，当母亲催促他时，他便决绝地保证肯定会学成回家娶江冬秀的，之所以迟迟没有回国，全是因为学业未完，而非在国外娶了洋妻。此外，为安抚江冬秀那颗惶惶不安的心，他还常给她写信，写情诗。

同时期的大情圣徐志摩曾说：“我将于茫茫人海里寻找我唯一之伴侣，得之，我幸，不得，我命。”对于胡适而言，在他的爱情世界里，不曾有过这般的渴念。也因此，他和韦莲司的交往一直停滞在最初的暧昧上，不曾再踏出一步。

他们便单单停留在欣赏及仰慕上了，爱情发芽后早已枯萎，虽然依旧常见面，常相聚，但是也仅停留在沟通的共鸣上了。到最后，他们诡异地成了知己。相知，却不相爱；相依，却不缠绵。已全然不见爱情的影子了。所以，才有了后来胡适给自己爱慕的韦莲司写诗，有了这样的句子："吾乃淡荡人，未知'爱'何似。古人说'相思'，毋乃颇类此。"又为她填词："我替君拾葚，君替我簪花。更向水滨同坐，骄阳更有树相遮。语深混不管昏鸦，此时君与我，何处更容他？"

这样的胡适，爱得也真冷酷。

自始至终，他和韦莲司的交往，在那些久长的岁月里，一直淡淡地来淡淡地去，不曾陷入疯狂的执迷当中。而此时的韦莲司，却好像没睡醒般，享受着他给的朦胧爱意，而不知他即将离去。

在这俗世，爱情两字虽简单至极，却含义非凡，涵括真与假，善与恶，美与罪；覆盖欲望，贪恋，孤独，温暖，回忆，情感，沉沦……

因而，若要获得爱情，不是爱了就成，真需要天意的成分。

（三）分别，才知情浓

韦莲司，是在胡适离开之后，才发现自己爱上他了。

在他们分离十年后的信笺里，她对胡适说，当她听到胡适的婚讯才真正认识到，那对自己是一个多么巨大的割舍。在那封信里，她也写道："我想，我当时完全没有和你结婚的念头。然而，从许多方面说，我们'在精神上'根本就是早已结了婚。因此，你回国离我而去，我就整个儿崩溃了。"

这个一向光风霁月的女子，在胡适对她说回国计划时，她还未曾察觉到爱他入骨。只是，潜意识里做了回不可理喻的小女子情态，要求胡适一定兑现去绮色佳的承诺，说着："我知道这很自私，但是，我就是要！"

可是，又如何，见了面，她没有考虑过让他留下，而他早已办好了回国的手续。

有缘相见无缘相守的局，早就定在那里，什么都不会改变。

真正离开时，胡适也有了别绪，他在归程中给她写信，感叹"美国渐渐地落到了我的后面"；说"离开绮色佳对我来说，真不是一件容易的事。离开你则更不容易，你的友谊丰富了我的生活，也深化了我的生命，想起你就让我喜悦”；也跟她谈途中见闻：中国人、日本人、俄国人……他跟他们的谈话；然后他回到了上海，又沿着长江，逆江而上，在回徽州老家的路上……

回国的那年9月份，他还深情地写下了这么一首诗：

我笑你绕太阳的地球，一日夜只得打一个回旋；
我笑你绕地球的月亮，总不会永远团圆；
我笑你千千万万大大小小的星球，
总跳不出自己的轨道线；
我笑你一秒走五十万里的无线电，
总比不上我区区的心头一念，
我这心头一念：
才从竹竿巷，忽到竹竿尖；
忽在赫贞江上，忽在凯约湖边；
我若真个害刻骨的相思，
便一分钟绕遍地球三万转。

同年的12月份，他也写了这样的诗句：江上种藤人，今移湖上住，相望三万里，但有书来往。

只是，他的爱远没有她的爱多。

想起作家林白说的：与心爱者不能分离。但又如何能做到呢？

是的，远在绮色佳的韦莲司，收着他一程又一程的信，心中便只徒然仅剩辽远及渺茫了。并且在他循序渐进的信里，他将跟江冬秀的婚礼、生活一一不间断的诉诸中，韦莲司整个人都遍体鳞伤了。于十年后的她未曾给他寄出的信里，可清楚窥出。她说：“自从接到你一九一七年十一月的那封信后，我就再也没有勇气去读你的旧信了。这让人痛心的后知后觉，在你离开之后，我发现我爱上了你，在你离开很久之后，我发现这爱，竟然深入骨髓，无法忘记。”

一如，言情小说家们说的那般——爱是之子靡他，爱是不留余地的付出，千山万水里的怦然心动、心泛涟漪，即便只对着自己一个人演绎，也是在所不惜、奋不顾身的。所以，那么多年里，韦莲司将所有的爱，深爱，皆变成了眺望的爱。

隔山隔海，不能言爱谈情，在时日久长里，他们俩人渐行渐远渐无书信，直至十年后，他们有了重逢的机会，才又互相联系起来。别后经年，再重逢，物是人非，只是某些情愫还在。且看，她在信中说：“你飞降下来，在一只棕色小鸟的鸟笼外驻足了片刻。她瑟缩在一个角落里，被一圈圈铁丝紧紧地匝在她凌乱的羽毛上。鸟笼外站立着的是一只天堂鸟，他有一双坚实的翅膀和一身柔丝般的羽毛，笼中的小鸟挣扎地走过去摸了一下他的羽毛，铁丝刺痛了她的身体。请原谅这只棕色的小鸟，她痛得几乎昏了过去，根本就忘了唱歌给你听。”

今有作家，将他们那时光景如是言之凿凿地形容：“疼痛来自于爱情。他站在她面前，昔日的爱历经时光的洗涤却瞬间回黄转绿，尽管他已经结了婚，有了三个孩子，而她，退回家庭，衰老，寂寞，甚至还有一点点自卑，但有一种感情犹如被风抚平的沙滩，恢复到了原状。”

是的，在眺望中，她已衰老，不似过往朝花怒放，更何况她从来都不是美人，年岁渐老里亦不曾散发出迷人的“半老徐娘”的韵致。然而，爱他的心依然在，不被年龄左右，不被时光左右，亦不被容颜左右，就那般地恒久地将他眷爱。

不过，她是独善的、良知的、理性的，不会被心底疯狂到极致的爱左右，即便爱得痛到不能自已，也是选择了隐忍，将眺望继续到底。于是，她写信给胡适：“你是塑造了一个幻想中的女子。亲爱的适！就让我们继续以礼相待，否则你珍爱的女子就会消失了。”而恰在同一天，胡适也发出这样的信给她：“在过去的悠长岁月里，我从未忘记过你……我要你知道，你给予我的是何等丰富……我们这样单纯的友谊是永远不会凋谢的。暂且别过，好好珍重。”

暂且别过，好好珍重。

她获得过爱情，但终究没能延续。她仿似从中体会到真理，如是她将自己那份对他疯狂到巅峰的爱，转变成一场婚礼来了结。那就是——她在自己的心里举行了一场婚礼，用自己的整个生命对胡适说：相亲相爱，至死不渝。完成这样一场婚礼后，她焕然一新，出离纠结。她情真意切地给胡适写了这样一封信："你所需要的，是一个有智慧的我，一个能跟你合作，对你能够全心投入你所选择的人生大业，一个能对你做谏诤，能劝阻、提醒你，让你能全力以赴的我……我这辈子从来没有像现在这样，必须跟这样一个澎湃无比的力量搏斗着，我要做的是：第一，保持神经健康，有必要转移心力；第二，厘清脑筋，工欲善其事，必先利其器；第二之第二，专精、不旁骛，尝试去了解。课业：新宗教、新宗教为何；静坐、读德文、中文；转移心力：做庭院工作、定心想单纯的事物。"

就此，在后面长长久久的岁月里，她恪守着胡适妻的角色，再不曾为任何一个男子动心，只恪守着对胡适的这份爱到终老。

一生，未嫁！

尾语：

古诗词里，多等待的女子，都梳洗罢了，独倚望江楼，在过尽千帆皆不是、斜晖脉脉水悠悠中空度了光阴。

像韦莲司这样将爱情私有，好坏皆是自己给予自己，勇敢前行并不被羁绊的女子，真是少。

所以，他即便给不了爱她的承诺，她依然傲行于世。

她的爱，她的生活，皆不会看别人的眼色的。她活在这世上，不是为其他任何人而活，包括她爱的胡适。就如她自己说的，在胡适身上，她没有看到像另一个男性朋友那样的爱，和对美的鉴赏力。

又如何，她只爱给自己看的，所以这些皆不能妨碍到她持之以恒地爱他。

一切释然后，她回到了他们初识之时，没有怨恨、芥蒂，有的只是欢愉。他们成了最亲爱的老友，彼此开心地谈心，人生、文学、宗教、政治……只是，唯独再不说爱情！

“子之汤兮，宛丘之上兮。洵有情兮，而无望兮。——你的舞姿风流跌宕，在那宛丘之上。我对你岂能没有情意，但没有任何指望。”

这也许是对他们俩爱情的最好注脚。

世上一切算什么，只要有你

朱生豪 to 宋清如

孤单不是与生俱来，而是由你爱上一个人的那一刻开始。

有太多的爱情，是如那刻在椅子背后的爱情，会像水泥上的花朵，开出没有风的、寂寞的森林。幸好还有一种爱情，即便远隔千里，有了深的孤单，隔了岁月流年，依然可绚烂绽放，甜熏在午后的艳阳之下。

诚如——若真爱，时间和距离都不会是阻碍。

最美情话

◎“你如不爱我，我一定要哭。”

◎“我愿意舍弃一切，以想念你终此一生。”

◎“总之你太不好，我这样不快活！再没有好日子过了，再不会笑了，糖都要变成苦味了，你也不会待我好了。总之这样下去是不成的，我宁愿出监牢。”

◎“我一天一天明白你的平凡，同时却一天一天愈更深切地爱你。你如照镜子，你不仅会看得见你特别好的所有，但你如走进我的心里来时，你一定能知道自己是怎样好法。”

◎“我希望世上有两个宋清如，我爱第一个宋清如，但和第二个宋清如通着信，我并不爱第二个宋清如，我对第二个宋清如所说的话，意中都指着第一个宋清如，但第一个宋清如甚至不知道我的存在。要你知道我爱你，真是太乏味的事，为什么我不从头开始起就保守秘密呢？”

◎“接到你的信，真快活，风和日暖，令人愿意永远活下去。世上一切算什么，只要有你。我是，我是宋清如至上主义者。人去楼空，从此听不到‘爱人呀，还不回来呀’的歌声。愿你好。”

◎“我的自名为‘Lucifer’不过是僭窃名号，聊以自娱而已，但比起你来，确乎我更有做魔鬼的资格，而只好委屈你做天使了。”

◎“要是我死了，好友，请你亲手替我写一墓铭……不要写什么在碑板上，请写在你的心上，‘这里安眠着一个古怪的孤独的孩子’，你肯吗？”

◎“谢谢你给我一个等待。做人最好常在等待中，须是一个辽远的期望，不给你到达最后的终点。但一天比一天更接近这目标，永远是渴望。不实现，也不摧毁。每发现新的欢喜，是鼓舞，而不是完全的满足。顶好是一切希望化为事实，在生命终了的一秒钟。”

◎“要是这世上只有我们两个人多么好，我一定要把你欺负得哭不出来。”

◎“我爱宋清如，因为她是那么好。比她更好的人，古时候没有，以后也不会有，现在绝对再找不到，我甘心被她吃瘪。”

◎“我希望我们变作一对幽魂，每夜在林中水边徘徊，因为夜里总是比白天静得可爱得多。”

他和她的爱情

甚是爱你
醒来觉得

在嘉兴市区禾木兴南路 73 号朱生豪的故居门口，伫立着他们这对患难深情伴侣的雕像。他们俩紧紧依偎着，一个脸庞微侧，一个深情凝望，似在喁喁私语，又似在深思陶醉，禾兴路上飞扬的尘土未曾沾染到他们。

雕塑下方，镌刻着的是他给她未曾发出的信："要是我们两人一同在雨声里做梦，那意境是如何不同，或者一同在雨声里失眠，那也是何等有味。"

世人知有宋清如，皆是因大文豪朱生豪。

那一年，他们初识在之江大学后相恋。

只是相处太短，短浅的一年光阴，他们就面临了分离。朱生豪毕业离开，宋清如还要继续学业。那个年代的人，并不像现代人洒脱，玩不了毕业就分手的戏码。于是，他们开始了异地恋，这一开始就坚持了十年才得以团聚。

因为朱生豪的性格，他并不喜欢上海那个世故的城市，在那里的生活中，唯一的倾吐是给远在杭州的她写信。

诚如，他翻译过的莎翁的美文，他和她这段时间之久的过往，再回想起来时是“如同这虚无缥缈的幻境一样，入云的楼阁，瑰伟的宫殿，庄严的庙堂，甚至地球自身，以及地球上的所有一切，都将同样消散，就像这一场幻境，连一点烟云的影子都不曾留下”。是不会觉得苦痛的，因为信的那端，始终有她在，所以一切因思念而来的苦痛连一点烟云般的影子都不曾留下。

那年，他已三十一岁，她也有三十岁了，苦恋九年，终于结了婚。

婚后，他们很穷，很穷。不过，他们却因为彼此深爱无所不有。

所谓战争、贫穷和饥饿，都未曾阻拦了他们彼此相爱着走下去的心。他一心沉浸在翻译莎翁的事业中，她则一心挽起衣袖为君甘心做羹汤。他不管世事，她则为每日三餐奔走。都说“贫贱夫妻百事哀”，这只是无爱又无钱的人搭伙过日子的写照，对朱生豪和宋清如来说，爱可以让他们一起在贫穷生活里找到幸福。

只是，他们有甘于生活的心，却没有抵抗贫穷的能力。这样温存的好日子并没有过多久，他便病了，没钱看病，也没时间看病；而她恰恰在这时怀孕了，要做饭洗衣，照顾他，还要借钱养家。他彻底病倒了，他们的孩子也出生了，在喜悦里她承受着生死离别的疼痛。

他终于还是撒手人寰，离开了她和还在襁褓里的孩子。

他终还是没能完成所有的莎剧，带着遗憾，不忍地离开了一岁的孩童和三十二岁的她。

这样的人事，真是太过残忍。他们因为战乱而不得已分离了十年，好不容易眷属终归，却在结婚不到两年半的光景里又步入阴阳相隔的境地，这境遇如何让人不心灰意冷！一个英年早逝，壮志未酬，留给另一个的是长达半个世纪的守望和相思。

（一）爱你像爱一首诗一样

宋清如算是个富家闺秀，出生在常熟西乡栏杆桥的一个地主家庭。

在家中排行第二，因天性好学，深得父母的宠爱，更在她七岁时为她请了一位秀才来家中专门启蒙她。当《三字经》《千字文》《闺门女训》《古文观止》等已不能满足她时，她拗着母亲进了洋小学。

不过，这些得来的学习机会也是有代价的，代价是向母亲保证，不要嫁妆钱。诚如《夜半钟声》中描述的意境——“葬！葬！葬！打破青色的希望，一串歌向白云的深处躲藏。夜是无限地茫茫，有魔鬼在放出黝黑的光，小草心里有恶梦的惊惶……”宋清如在当时对自己的处境和心态都有着这样的深刻感触。

去到杭州之江大学时，她已然出落成一个特立独行、语出惊人的才女了。

“女性穿着华美是自轻自贱。”“认识我的是宋清如，不认识我的，我还是我。”她的这些言论一起初便让同学们对她刮目相看，也吸引了万千的人。最能吸引万千的，还是她的诗才，就连当时著名的《现代》杂志主编施蛰存在读了她的诗稿后，也被深深折服了，他竟破天荒地给她回了一封长信，称她“一文一诗，真如琼枝照眼……真不敢相信你是一位才从中学毕业的大学初年级学生……我以为你有不下于冰心之才能……”

在之江大学，她凭借才情进入了诗社。

就是在这里，他们这对才子佳人得以相遇，若金风玉露，胜却了人间无数。

时年，素有“之江才子”之称的朱生豪已是四年级学生了，但这无法阻挡他们那两颗彼此靠近的心。从初识就认定了，那时当宋清如入社诗作《宝塔诗》传阅到他手中时，文字间流露出的情绪给他的是一种亲切之感。就此，他们开始了频繁的诗词酬和。

多年里，同学、朋友们的眼中寡言内向的朱生豪，在这场爱恋里表现出少见的忘情来，为宋清如写下了无数动情的诗和信。比如，“楚楚身裁可可名，当年意多亦纵横，同学伴侣呼才子，落笔文华绚不群。招落月，呼停云，秋山朗似女儿身。不须耳鬓常厮伴，一笑低头竟已倾。”再比如，“我的野心，便是想成为你的好朋友；现在我的野心，便是希望这样的友谊能继续到死时。谢谢你给我一个等待。”

自古，诗人的爱意总是比寻常人要炙热、忘我。

诚如，情种沈从文曾对挚爱张兆和表过的衷心——“我不是一个首领，用不着别的女人用奴隶的心来服侍我，但我却愿意做奴隶，献上自己的心，给我爱的人。”

一生中，我们能有几次这种打碎了揉进去的深爱？至多一次吧。所以说，在对的时间里遇见对的人时，我们爱就是了。再没有比爱一个人，这一生过得值得的了。

可时光无情,岁月残忍,即便深爱,有时也未必可相伴久久。

在他们爱慕着彼此的一年后，他们不得不面临着别离。

那时，朱生豪毕业，离开去往了上海。不过，离别的只是距离,心仍是炙缠着的。在临别之际,他曾赠情话于宋清如——

其一：忆昨秦山初见时，十分娇瘦十分痴，席边款款吴侬语，笔底芊芊稚子诗。交尚浅，意先移，平生心绪诉君知。飞花逝水初无意，可奈衷情不自持。

其二：浙水东流无尽沧，人间暂聚易参商。阑珊春去羁魂怨，挥手征车送夕阳。梦已散，手空扬，尚言离别是寻常。谁知咏罢河梁后，刻骨相思始自伤。

他是将所有的真情意都写进了字句中的。

那时，仍在杭州继续学业的宋清如，也用书信回应着他，时不常地向他讨教作诗，如此一来二去，情意便如藤蔓缠绕，枝枝蔓蔓再缠绕不清了。朱生豪对她的无限爱恋，亦全在对她的称呼中显现着，如宝贝、妞妞、傻丫头、亲亲、宋儿、小鬼头儿等，细数来竟然多达七十余种。情书的频率亦高，两三天一封是常事儿，甚至时常会一日一封。

他是将自己的相思、情真意切、缱绻缠绵都满蓄在了笔端的纸张上了。

他是那么狂热地爱恋上了她。

他写：“我实在喜欢你那一身的诗劲儿，我爱你像爱一首诗一样。”他又写：“风和日暖，令人愿意永远活下去。世上一切算得什么，只要有你。我是，我是宋清如至上主义者。”他还写：“我的快乐即是爱你，我的安慰即是思念你。”

……

只要是女子，遇见这样一位深情又才情的男子，定是三生有幸的。

宋清如也用深情的笔触回应着的他的深情款款，最经典的是一首《蝶恋花》：“愁到旧时分手处，一桁秋风，簾幙无重数。梦散香消谁共语，心期便恐常相负。落尽千红啼杜宇，楼外鹦哥，犹作当年语。一自姮娥天上去，人间到处潇潇雨。”

此后，因为时局的动荡，世事的不安稳，他们竟是一别十年之久。

这十年，是漫长的，也是坎坷的，考验着他们深爱彼此的心。曾经，朱生豪为她写下了如此的情话：“做人最好常在等待中，须是一个辽远的期望，不给你到达最后的终点。

但一天比一天更接近这目标，永远是渴望。不实现，也不摧毁。每发现新的欢喜，是鼓舞，而不是完全的满足。顶好是一切希望化为事实，在生命终了的一秒钟。”

也许，有着这样的精神上的宽慰，他们竟然坚贞地走过了这艰难苦涩的十年分离时光，终于在 1942 年 5 月 1 日，于上海完婚。

只是他们离别的爱之苦，还响彻在他写给宋清如的那些情深的文字间：“似乎我每次见了你五分钟，便别了你一百年似的。”“我并不愿自拟为天才（实在天才要比平常人可怜得多），但觉得一个人如幸而逢到一个倾心相交的友人，这友人实在比全世界可贵得多……如果我有希望，那么我希望我们不死在同一空间，只死在同一时间。”

常常阅读它们，都犹如看到一位枯坐如僧的朱生豪。

这样让人心生怜爱！

（二）生活最甜蜜的是陪伴

他们是，才子佳人；柴米夫妻。

这是一代词宗，亦是他们二位的老师兼婚姻介绍人夏承泰在他们结婚之际送给他们的一副对联中的题字。

这几句话极恰当地描摹出他们当时的情境。

他们那时困境重重，竟连举行婚礼的衣服都是借来的。然而，物质断然不会在爱着的两个人的心底成了分量的。因为他们有着最为忠贞的信念：“虽说春天是真 / 值得迷醉，/ 因为有更真的 / 金刚石样坚硬的 / 信心，不灭的 / 刚强的结晶 / 在灵魂里转，/ 不经心会被火焚 / 成灰烬，你可甘心？”

所以，结婚之后，他们虽然过得清苦，却是丰盈惬意的。朱生豪将所有精力付诸翻译莎翁的巨作，宋清如则夫唱妇随地成为他最忠实的助手和伴侣。精神之富有的朱生豪曾对宋清如说过：“我很贫穷原。狭义仅指先验的还原，即对描述主体的还原。认为通过，但我无所不有。”如是言语间，表达的全是对婚后生活和爱妻的欣喜之意。还有更惬意的，如同曾经的李清照和赵明诚在“归来堂”里“斗茶”的场景，为了调节生活的乐趣，他们俩根据各自爱好，一起选编了《唐宋名家词四百首》作为“课间休息”。

可是，生活的清苦如同丑恶的痕迹，是任何愉悦都抹杀不了的。

他们居住的常熟，因是日军清乡区，尽管朱生豪已然化名为朱福全，也从不上街，还是随时面临着威胁，为此他们决定到嘉兴东米棚去躲避日军。这里是朱生豪的老家，却因为久未曾来此，家里是清贫如洗，一张榉木账桌，一把旧式靠椅，一盏小油灯，一支破旧不堪的钢笔，两本辞典便就是他全部的工作家当。如此情况下，宋清如成了彻头彻尾地为他“洗手做羹汤”的贤惠的妻。

他为了翻译莎翁一事，沉浸其中，忘我到不能自拔，对周遭的世界完全不管不顾；而宋清如，窝心的、懂他的、恋他的宋清如则不再是什么佳人，只是辛勤的家庭主妇，一日为三餐奔忙，帮工做衣什么都做，只要可以补贴家用。她一个大小姐，也不得不学会了“算计”，在每月的上旬，她会一早把一个月的米买好，然后极可能地省去不必要的开支，例如：刷牙用盐来代替牙粉；朱生豪的头发长了，她便亲自修剪；从不去外面吃，一切吃食她都亲力亲为，做饭、买菜；没有钟，起床便以天明为准；没有电灯，灯油自是极节约地省着用……

因为有如此的宋清如,朱生豪对她便产生了浓重的依赖。

某一次，宋清如回常熟娘家过年，只留朱生豪在家。大概有 20 天光景，朱生豪便觉没有宋清如在侧的日子真是煎熬，尤其是湿漉漉带着伤感气息的雨天。宋清如快回来之际，恰是雨天。于是，他在雨中等宋清如回家，站在后园一株杏梅下，花瓣被雨一片片打落，他就将这些花瓣捡起，掬在手里抚着呵着。早有林黛玉葬花，他则掬花，表达的皆是一份怜惜的哀伤情绪。情绪泛滥时，他便每捡一花瓣，即在纸上写下一段想宋清如的话，待到宋清如回来，花瓣是已收集了一大堆，他也是连饭都几顿不吃了。

宋清如回来看到如此模样的朱生豪，心疼得流下了泪水。

自此，她再也不舍得离开他了。

如今，他们这缠绵悱恻的爱恋，还可以从当时朱生豪写下的字句间深深感受到：

昨夜一夜我都在听着雨声中度过，要是我们两人一同在雨夜里做梦，那境界是如何不同，或者一同在雨夜里失眠，那也是何等的有味。可是这雨好像永远下不住似的，夜好像永远也过不完似的，一滴一滴掉在我的灵魂上……

在那时岁月，他们是彼此最好的、最甜蜜的陪伴。

谁都不可缺失！

（三）你的死亡，带走了我的快乐

困顿的生活，超负荷的工作，加之本就不好的身体，他病了。

他病了，却看不起病，也没时间看病。而这时，她还怀孕了，她要做饭洗衣，还要借钱养家。

他病倒了，他遗憾自己不能完成剩下的 5 部半的莎翁作品的翻译。恰这际，他们的孩子出生了，带给她喜悦，也带给她生死两难的煎熬。

他病死了，他没有完成所有的莎剧，留下一岁一个月的孩子和三十二岁的她离开了人世。

他逝去一年后，宋清如写下如此悲怆的文字："你的死亡，带走了我的快乐，也带走了我的悲哀。人间哪有比眼睁睁看着自己最亲爱的人由病痛而致绝命时那样更惨痛的事！痛苦撕毁了我的灵魂，煎干了我的眼泪。活着的不再是我自己，只像烧残了的灰烬，枯竭了的古泉，再爆不起火花，漾不起漪涟。"

正当好年华，又容颜姣好甚至绝代风华，遭遇如此多舛命运，一般女子，多会以死了之，抑或者就此沉沦了。宋清如也想过就这样了吧，因为这两样最可轻易获得，然而她不能这样，因为她身上还肩负着他未完的使命，31 种、180 万字莎剧的手稿还未曾出版，无以疗慰他的魂灵，还有他们的幼子，那么小、那么小，嗷嗷待哺。

于是，一个人一旦有了使命，也便就有了活下去的勇气了。

失去了朱生豪的宋清如，便是这样。

她的后半生，便系着为他的两件事过活：出版他的译稿，抚养他和自己的孩子。她活着的生命里，已不单单是她自己的，而是他们两个人的。他们合二为一，她做他没来得及做完的事，看他没能一一看过的人生风景，待到有一天她与他在那永恒的寂静中，她好一一说与他听。

没有朱生豪的生活，让她如此疲惫，难以承受。

她的生活清苦，一个弱女子，除了照顾稚子，还要把全部精力用在工作上。有谁能安慰这样一个女子的寂寞，特别是她这样一个心思细腻的诗人？

还真有这么一个男子，来安慰她。

他就是她的之江同学骆允治。

那时，她被他调入待遇更好的杭州高级中学，彼时，他正任这所学校的总务主任。调入杭高之内，他对她的照顾更多，且看宋清如当时的学生骆寒超的回忆：宋生病不能上课时，常常是骆允治给她代课。他们之间渐渐也曾有了些情感纠葛，但最后终是没能在一起。

或许，在她的爱情世界里，自始至终只对一个男人用情过。他的名字，叫朱生豪。曾经，他将对她的依恋写在脆薄的纸端，就此镌刻在她的心尖，再无人能触及！

尾语：

朱生豪的一生如秋风一般吹过，宋清如则如秋叶般寂寞地度过漫长的岁月。

就此，在多年岁月里，那些承载了太多甜蜜记忆的书信成了宋清如最好的陪伴。

1977 年，在外漂泊三十余年的宋清如回家了。回到了嘉兴南门朱氏老宅，住在楼下北面的一间偏屋内。

这一年，她已经六十七岁了。

这间小屋里有着太多关于朱生豪的记忆，墙上挂着的是朱生豪的炭画像，睡的床是朱生豪生前曾经睡过的，许多旧的家具也是朱生豪当年参与置办的。

老了的宋清如，就这样在这间老屋里仰赖着关于他的回忆来过活。

朱尚刚曾回忆说：老年的母亲把一切都看得很淡了，唯有父亲仍然是她心目中永远清晰的偶像，母亲在她最后一段生活道路上，把剩下不多的全部经历都用来塑造这个偶像了。

当更多的人阅读到朱生豪翻译的莎剧时，皆为其卓然的文风震撼不已，又惊闻他的遗孀宋清如先生还住在朱氏老宅内时，都纷纷赶来，找到她，请她述说跟朱生豪的过往种种。那时的她，只淡淡地回忆初次相识他的情景："那时，他完全是个孩子。瘦长的个儿，苍白的脸，和善、天真，自得其乐地，很容易使人感到可亲可近。"

这是镌刻于心，任岁月风雨时光沙砾都无法抹煞的深刻爱之记忆。

有文人，惊动于他们的情缘，也因他们的书信而感动。于是，想公之于众。她却是犹豫的，她始终将这些视为他和她的私人财产，从未想过要公之于众，赤裸裸地将她和他之间的情感展示给世间人看，断然是她无法想象的。

面对出版的询问，她断然拒绝："我不出版！……我打算在临死之前，把它们一把火统统烧掉！"还好，幸亏由于某种原因没有烧，并且在她编写的《寄在信封里的灵魂》与她的儿子朱尚刚编写的《朱生豪书信集》两书中，艳美地出现了。

1995 年 11 月 18 日，是一个天气晴好的日子，满头银丝的宋清如在秀州书店门口签名售书。

她穿了一件黑色粗布呢的褂子，眼神苍茫，让人寻不到一丝曾让大文豪朱生豪为之诗思泉涌的灵动。当故事隐去，那时的宋清如前后判若两人，明眸里蓄满了愁思，尽现沧桑之感。

她是真的老了，心老了。此刻，她已完成了她的两件事，只等着去与他相聚。

世人再无法看到那个恋爱中女子的风姿了，眼见的只是一个寡言的男子在纸端上的情深似海。诗文酬唱，于他们两人而言，早就成奢望。

罢了，只记住朱生豪笔下那个穿着旗袍的宋清如，清秀娴静，意气风发，一切皆有可能的美好样子就好了。那时的岁月里还有如此一段爱情，想起来就心生温暖。

1997 年，她聆听仙乐而去。

她带着朱生豪翻译的莎剧和装了朱生豪灵魂的情书，同他一起合葬于地下。

现在，他们在另一个世界一同做梦，一同失眠，一同倾听雨声。

今后，再无什么可以将他们分开。

你是我幸福的所有理由

钱锺书 to 杨绛

生命如花，爱情是蜜。

人活着总要爱一回。爱情不是数着日子过去，而是让每个日子都变得有意义。有的是：你在的时候，你是一切；你不在的时候，一切是你。吾爱永恒的信念。好的爱情，是你通过一个人看到整个世界；坏的爱情，是你为了一个人舍弃世界。

在这个世界上，唯有爱和深情不可被辜负。

最美情话

◎“在遇到她以前，我从未想过结婚的事；和她在一起这么多年，从未后悔过娶她做妻子；也从未想过娶别的女人。”

◎“颉眼容光忆见初，蔷薇新瓣浸醍醐。不知腼洗儿时面，曾取红花和雪无。”

◎“风里孤蓬不自由，住应无益况难留。匆匆得晤先忧别，汲汲为欢转兼愁。雪被冰床仍永夜，云阶月地忽新秋。此情徐甲凭传语，成骨成灰恐未休！”

◎“销损虚堂一夜眠，拼将无梦到君边。除蛇深草钩难着，御寇颓垣守不坚。如发篦梳终历乱，似丝剑断尚缠绵。风怀若解添霜鬓，明镜明朝白满颠。”

◎“赠予杨季康，绝无仅有的结合了各不相容的三者：妻子、情人、朋友。”

◎“最贤的妻，最才的女。”

他和她的爱情

如此星辰
如此月

这世上的爱情也许就是不公平的，有的人便那么幸运，在最好年华遇到相守终身的人；而有的人却似被命运玩弄着，过眼的都是烂桃花；还有的人，是被上帝遗弃的，属于他的爱情久久未来，最后只能自嘲为黄金剩斗士。钱锺书和杨绛，就是那最幸运的人。“我见到她之前，从未想到要结婚；我娶了她几十年，从未后悔娶她；也未想过要娶别的女人。”这样朴朴素素的一句话，比“我爱你”更让人心动不已。

如果你相信人有前世今生，那一定也会将这样的爱情归类为“命中注定”。他们只是在清华大学古月堂门口偶然相遇，便都觉得对方是那个自己要找的人。

杨绛觉得他眉宇间有一种“蔚然深秀”之气，看着便入了迷；钱锺书则被她那如水的眸、似花的红颊所吸引。她身上那股子清新脱俗的感觉，令他久久无法忘记。他为此写下了“颉眼容光忆见初，蔷薇新瓣浸醍醐”这样美丽的文字，以疏散心中满溢的激动。

就此，他们之间的一段旷世情缘便如明月朗朗上演于世间。

这一年，杨绛先生二十二岁。

从那之后，彼此倾慕的心慢慢靠近，便顺利地成了恋人。他们真是上天眷顾的宠儿啊。在那个世俗的年代，他们的爱情通得过各种世故的标准考验。他们门当户对，各自父母皆是江南声名显赫的才子名士；他们才学相当，互为彼此的心灵知己。他们的恋情，无人反对，皆是祝福、羡慕。

他们相携一起生活了六十三年，在不安稳的岁月里创造着各种美好。她与他比赛读书，比赛做学问，一起走过那些或甜蜜或艰难的岁月，始终他们的灵魂站在了完全平等的高度上。这是她理想爱情的样子，亦是他的。

我也始终记得他发愿的那句“从今以后，咱们只有死别，不再生离”。荡气回肠中，让无数人倍觉爱情的美好。

（一）命中注定爱你

出生在无锡一个书香门第的杨绛，清逸温婉，知书达理，完全是一副女神的样子。

1928 年，她高中毕业，本心心念念要报考清华大学外文系的，谁知，那一年清华大学虽开始招收女生，却是在南方没有名额的。于是，无奈下她只得选择了东吴大学。

或许，缘分于此。

1932 年初，东吴大学因为学潮而停课。该读大四的杨绛，为了顺利完成学业，毅然北上京华，借读于清华大学。就此，她终于圆了上清华的梦。时年，为了到清华，她可是放弃了美国韦尔斯利女子大学的奖学金。

不得不说，冥冥之中，他们之间的缘分正召唤着她姗姗而来。

很快，在那年 3 月的某一天。在幽香袭人的古月堂门前，她和他相遇。看似偶然，其实是必然。这一生，他们注定是要见到彼此的，只不过，是时间的问题罢了。那一天的他，着青布大褂，穿一双毛布底鞋，戴一副老式眼镜，目光炯炯有神，谈吐机智幽默，满身浸润着儒雅气质。那一天的她，优雅知性，若馨香馥郁的花儿，开在了他的心间。

他们一见如故，仿似故友，侃侃而谈起来。忘了时间，忘了他人，他们迫切地分别澄清起关于彼此的绯闻来。他说："外界传说我已经订婚，这不是事实，请你不要相信。"她亦说："坊间传闻追求我的男孩子有孔门弟子七十二人之多，也有人说费孝通是我的男朋友，这也不是事实。"

就这样，他们如此明显地暗示着自己的心意。这种一见钟情的场景，被人谈起也成了一个欢喜的故事。

诚如时下最火的剧名——《命中注定我爱你》，说出的是他俩的心声。

他们恋爱了，如胶似漆。

约会、通信这些寻常恋爱的桥段，自然是有的，但最撩拨人心扉的还数文采斐然的他写就的那封封滚烫的情书。她的那颗芳心，也是在这些撩人心弦的文字里融化了，如雪，如水，如雾滴，直至最后完全和他融为一体。

她的文采也很好。某一次，她的回信不巧落在了钱锺书父亲钱基博的手中。钱基博突发好奇之心，于是悄悄拆开信件看了，完事后竟喜不自禁，大赞："此诚聪明人语！"原来，她在信中写的是："现在吾两人快乐无用，须两家父母兄弟皆大欢喜，吾两人之快乐乃彻始彻终不受障碍。"如此的她自然是入了钱基博的眼，他十分欣慰能有她这般思维缜密、办事周到的女子，陪伴不谙世事、一团痴气的儿子一生一世。

于是，在 1935 年，他们两人步入了婚姻的殿堂。

溯源而追，他们这段缘分早在 1919 年，即已注定。

她的父亲杨荫杭和他的父亲钱基博，都是无锡本地的名士。因此，他们两家交情也不浅。那一年，八岁的她曾随父母到他家做客，只不过，当时年纪小，他们谁都记不得谁罢了。不过，或许正是这段经历开启了他们两人之间的“前缘”亦是说不定的。

如此的二人结合，都是道不尽的美好。

（二）赌书消得泼茶香

婚后的杨绛和钱锺书，是“琴瑟和弦，鸾凤和鸣”。

在那时的中国，他们俩可谓天造地设的一对，一个是“如英气流动之雄剑，常常出匣自鸣，语惊天下”；一个是“如青光含藏之雌剑，大智若愚，不显刀刃”。

婚姻生活，由此在他们的优秀里变得单纯温馨，令万千人艳羡。

某些时刻，他们相处的生活画面，会让人想起才女李清照和赵明诚的那段“赌书消得泼茶香”的美好时光。在最美的时光里，有最美的人相伴，岁月自然美好得令人仰止不已。他们的婚姻生活，绝不是钱锺书那部经典至极艳绝无涯的《围城》里的那样。

不久，他们就去了英国，是因为钱锺书考取了中英庚款留学奖学金，要到牛津读书。杨绛便毫不犹豫地中断了清华的学业，与之陪同。

异乡的生活里，更让世人看到了他们生活里的美好瞬间。初到牛津，因不习惯异国的生活，便心生了乡愁。一向笨手笨脚的钱锺书，为缓解杨绛的这种不适，便在一天早上，趁杨绛还在睡梦中时，即起身到厨房做早餐去了。他是想用这最温暖的方式来温润杨绛的心。这顿早餐很是丰盛，有煮鸡蛋、烤面包、热牛奶，还有醇香的红茶。钱锺书也算是体贴界里的“鼻祖”，他不仅做了这丰盛的早餐，还体贴至极地把一张用餐小桌支在了床上，并将美味的早餐放在上面，这才将睡眼惺忪的杨绛叫醒。当杨绛坐在床上享用完这顿充满着万千爱意的早餐，忍不住幸福地对钱锺书说：“这是我吃过的最香的早饭。”这言语，是最美的情话，听得钱锺书笑意盈满了心间。

爱的美好瞬间，还有无数。比如，他们一起展开读书竞赛，像曾经的李清照和赵明诚一般，比谁读的书多。通常，两人所读的册数是不相上下的，不过比赛过程是令人心生暖意的，读读写写的，于嬉嬉闹闹之间让日子从指间悄然愉悦地溜走，留下无数悠悠情趣，如何不让世人羡煞？

杨绛怀孕了，这可把钱锺书给高兴坏了，他虽潜心研读着却并未影响到他对杨绛的格外关心和体贴，他开始学做家务，为的是能多分担一些劳动让杨绛好好养身体。他的欢喜，亦时刻流露着，一日他还痴人一般地对杨绛说："我不要儿子，我要女儿——只要一个，就像你这样的。"

得多爱，才能生这般痴心呢！

杨绛对他很好。满腹经纶的大才子，实质上在生活上是出奇笨拙的，因而学习之余，她几乎是将生活里的一切杂事都揽了下来。她是做饭做衣、修窗换灯无所不会。她生女儿住院时，第一天，他到医院探她，说，我打翻了墨水，弄脏了房东太太的桌布。第二天，说，台灯坏了。第三天，说，门轴两端的钢珠掉了。她一律回答"不要紧"。果真，她出院回家后，桌布变白了，台灯、门轴统统修好了。他如同个孩童一样，将自己沉溺在她的爱里。

不得不说杨绛是个聪明的女人，她爱钱锺书，也包容他的缺点，从不试图去改变他。他们相伴的六十三年间，她从未拿过任何家务事去烦过他，即便有麻烦只要能解决掉的皆不告诉他。她的爱促使她只分享幸福于他，烦恼尽交付自己，因为幸福分享会获得双倍的甜蜜，而烦恼却并不会因两个人一起分担而变得更少，反之，常常会徒增焦虑和争执。

世间有无数的爱情从童话走向怨恨，万劫不复，多是因为其中一方甚至双方，寄希望于永恒的快乐，由是抱怨暗生，争执亦多，直至走向破碎的结局。她早已看透这些相处之理。在爱情里，她始终清醒自省，“珍惜得到的每一分，而那些没有得到的，皆是本应与自己无关的。”

他们也是一对事业上的好伴侣。

1942 年底，杨绛创作的话剧《称心如意》在金都大戏院一上演，即一鸣惊人，迅速走红。此际，钱锺书有了些小落差，某天，他对杨绛说道：“我想写一部长篇小说，你支持吗？”杨绛听后，欢颜不已，催促他赶紧写，为了让他可减少授课时间，她把家里的女佣辞退了，并包揽了所有家务。昔日娇生惯养的富家小姐，就此修炼成任劳任怨的贤内助，自然让钱锺书感激不已，对她的珍爱更多了。

不负所望，两年后，那部惊艳世人的《围城》成功问世，艳绝了无数座城、无数个国家。他的名气，亦是世人皆知，然而，他在《围城》中的序中只是说：“这本书整整写了两年。两年里忧世伤生，屡想中止。由于杨绛女士不断地督促，替我挡了许多事，省出时间来，得以锱铢积累地写完。照例这本书该献给她。”

他的母亲曾经感慨道：“笔杆摇得，锅铲握得，在家什么粗活都干，真是上得厅堂，下得厨房，入水能游，出水能跳，钟书痴人痴福。”

是啊，钱锺书这样的痴人，幸亏有着杨绛这样的妻，才能从容走过难捱的岁月；而杨绛也因有钱锺书这样的爱人，生活中平添了更多的乐趣。

这爱经得起风花雪月，也蹚得过柴米油盐。

（三）静水流深，生生不息

女儿阿媛出生时，钱锺书曾写就一阕“欢迎辞”：“这是我的女儿，我喜欢的。”

杨绛则说，女儿是自己“平生唯一的杰作”。

阿媛的存在，并没有使得钱锺书对杨绛的爱少一丝一毫，反之，他更珍爱她了。在阿媛懂事后，每逢生日，他总要说，这是“母难之日”；他也没再要第二个孩子，他对杨绛说：“我们如再生一个孩子比阿媛好，而喜欢那个孩子，我们怎么对得起阿媛呢？”事实上，他是不忍杨绛再受生育的艰难和痛苦了。

在阿媛一岁左右的时候，他们仨一起回国。

钱锺书在清华谋得一教职，到昆明的西南联大教书，而杨绛则留在了沦陷的上海。时年，在老校长王季玉的力邀下，推脱不过，她担任了母校振华女中的校长，这也是她生平唯一一次做“行政干部”，为期不过一年。素来，她自谦“我不懂政治”，然她却是那东吴大学政治系毕业的高材生。

她不是不懂，是不想碰“政治”的是非，只想安安静静做他贤惠的妻子。

事实上，她确实做得特别好。

1945 年的一天，日本人突然上门，却在她的泰然周旋下败兴而归，因为她早已第一时间将钱锺书的手稿藏好了。新中国成立后，她又亲自带着钱锺书主动拜访沈从文和张兆和，来修好曾经因钱锺书写文讽刺沈从文收集假古董的隔阂。还有，她家的猫咪和林徽因家的猫咪打架，钱锺书欲拿起棍子为自家猫咪助威，她连忙劝止说：“林的猫是他们家‘爱的焦点’，打猫得看主人面。”

正如此，她的贤惠淑德、沉稳周到，成了痴气十足的钱锺书社交上的一道润滑剂。

正如此，有着贤妻的钱锺书，在事业上也是如沐春风。在 1946 年出版短篇小说集《人·兽·鬼》时，他在自留的样书上为他贤惠的妻子写下了这样无以匹敌的情话："赠予杨季康，绝无仅有的结合了各不相容的三者：妻子、情人、朋友。"

在这一生一世里，最懂他的，终是她。

在他的小说《围城》被搬上荧屏时，她写在每集片头上的那段著名的旁白——"围在城里的想逃出来，城外的人想冲进去。对婚姻也罢，职业也罢，人生的愿望大都如此。"表露了她对他的懂得。

曾经，杨绛读到英国传记作家概括最理想的婚姻："我见到她之前，从未想到要结婚；我娶了她几十年，从未后悔娶她；也未想过要娶别的女人。"于是把它念给钱锺书听，钱当即回说，"我和他一样。"杨绛答，"我也一样。"

回国后，多年里他们都居无定所，漂泊着经历了相濡以沫、经历了相互扶持，直到 1962 年 8 月，他们一家三口才乔居干面胡同新建的宿舍。四个房间的居室，加之一个阳台，他们终于有了一个舒适的家，在这里，他们朴素、单纯、温馨如饴地度过每一个相守在一起的美好日子，各自做自己力所能及的事……

只是，时光静静流逝，再美好的故事也还是总有那谢幕的一天。

多年后，她在《我们仨》里写道：“1997 年早春，阿媛去世。1998 年岁末，钟书去世。我们三人就此失散了。现在，只剩下我一个。”

人生相聚有之，分离亦有之，如同天命，是注定，再伤悲也是要承受的。

杨绛自是体味这人生之味，所以在阿媛去世时，钱锺书还重病卧床之际，她以八十多岁高龄，怀揣着丧女之痛，仍坚持着每天去往医院探望钱锺书，心伤在心，无一丝一毫外露，还百般劝慰钱锺书，并亲自做饭带给他吃，她如同过往，依旧用自我的坚强支撑起这个失去爱女的破碎的家。

她说：“钟书病中，我只求比他多活一年。照顾人，男不如女。我尽力保养自己，争求‘夫在先，妻在后’，错了次序就糟糕了。”

怪不得，无数文人艳羡他们的爱情，感叹他们——不仅有碧桃花下、新月如钩的浪漫，更有着融合了两人心有灵犀的默契与坚守。

于我，更觉他们彼此的深情，是那岁月里的静水流深，生生不息。

尾语：

1999 年，八十八岁的钱锺书逝去。

风雨半个世纪，他就此永远离开了她。

四年后，她写了一本情深万千的散文集来追忆和他的那万千个日子，名为《我们仨》。开篇，她即说她做了一个梦，她梦见“我和钟书一同散步，说说笑笑，走到了不知什么地方。太阳已经下山，黄昏薄暮，苍苍茫茫中，忽然钟书不见了。我四顾寻找，不见他的影踪。我喊他，没人应。”后来她把梦告诉钱锺书，埋怨钱锺书不等她让她惶急和孤凄，钱锺书说，那是老人的梦，他也常做。（杨绛《我们仨》）

可见，她对他是有多不舍。

于此，她在书中写：“他已骨瘦如柴，我也老态龙钟。他没有力量说话，还强睁着眼睛招待我。我忽然想到第一次船上相会时，他问我还做梦不做。我这时明白了。我曾做过一个小梦，怪他一声不响地忽然走了。他现在故意慢慢儿走，让我一程一程送，尽量多聚聚，把一个小梦拉成一个万里长梦。这我愿意。送一程，说一声再见，又能见到一面。离别拉得长，是增加痛苦还是减少痛苦呢？我算不清。但是我陪他走得愈远，愈怕从此不见。”

这是她给他写下的最催人泪流的情话。

而今，一百年的岁月风尘，未曾能掩藏了她的风华，她的安宁及淡泊让她在这个喧嚣躁动的时代，成为了一代人温润的慰藉，使人们看到“活着，原可以这么好”。

而她和他曾经的爱情神话，依然在岁月的镌刻时光里闪烁其华。

曾如在热恋时期，他写给她的那首诗：

良宵苦被睡相谩，猎猎西风测测寒。

如此星辰如此月，与谁指点与谁看。

如星辰，如明月，他们的情深不可亵渎！

莫要以爱的名义，拒绝爱

高君宇 & 石评梅

这世间，每一个不敢再爱的女子，一定很深地爱过。看起来好像百毒不侵，其实早就百毒侵身。

对她们来说，这世间最动人的情话，不是“我爱你”，而是在需要的时候，你说“有我在”。

被爱伤过的人，不要畏惧爱，更不要拒绝爱。

因为那些曾经痛过、哭过的，都只是曾经，最终会慢慢遗落在岁月的风尘里。

命运终会为你安排个良人，温暖今后的春夏秋冬。

只是你莫要如石评梅这样，以爱的名义，拒绝那份真正的爱情。

◎“宇宙中我原知道并莫有与我预备下什么，我又有什么系恋呵——在这人间：海的波浪常荡着心的波浪，纵然我伏在神座前怎样祝祷，但上帝赐给我的——仅仅是她能赐给我的。世间假若是空虚的，我也希望静沉沉常保持着空寂。

朋友：人是不能克服自己的，至少是不能驾驭自己的情感；情感在花草中狂骋怒驰的时候，理性是镇囚在不可为力的铁链下；所以我相信用了机械和暴力剥夺了的希望，是比利刃剥出心肺还残忍些！不过朋友！这残忍是你赐给我的，我情愿毁灭了宇宙，接受你所赐给我的！”

◎“满山秋色关不住，一片红叶寄相思。”

◎“我一边难过的是：世上只有吮血的人们是反对我们的，何以我唯一敬爱的人也不能同情于我们？我一边又替我自己难过，我已将一个心整个交给伊，何以事业上又不能使伊顺意？”

◎“我是有两个世界的：一个世界一切都是属于你的，我是连灵魂都永禁的俘虏；在另一个世界里，我是不属于你，更不属于我自己，我只是历史使命的走卒。”

◎“我何尝不知道：我是南北飘零，生活在风波之中，我何忍使你同入此不安之状态。所以我决定：你的所愿，我将赴汤蹈火以求之，你的所不愿，我将赴汤蹈火以阻之。不能这样，我怎能说是爱你！”

◎“从此我已是傀儡生命了，为了你死，亦可以为了你生，你不能为了这样可傲慢一切的情形而愉快吗？我希望你从此愉快，但凡你能愉快，这世上是没有什么可使我悲哀了！”

◎“昨天我忽然很早起来跑到店里购了两个象牙戒指；一个大点的我自己带在手上，一个小的我寄给你，愿你承受了它。或许你不忍吧！再令它如红叶一样的命运。愿我们用‘白’来纪念这枯骨般死静的生命。”

◎“从此我决心为我的事业奋斗，就这样飘零孤独度此一生，人生数十寒暑，死期忽忽即至，奚必坚执情感以为是。你不要以为对不起我，更不要为我伤心。”

◎“我望望海水，海水是那样平静。好吧，我们互相遵守这些，去建筑一个富丽辉煌的生命，不管他生也好，死也好。”

他和她的爱情

我是宝剑
我是火花

“爱情，众水不能熄灭，大水也不能淹没，若有人拿家中所有的财宝要换爱情，就全被藐视。”

在如今喧嚣浮华下，这种情态的爱情早已难得一见。日光之下，充斥着的皆是些明目张胆下的筹码，诸如身高、相貌、财产、豪宅、名车……用来和爱情交换。经年不见为爱而爱的至纯爱情了。

不过，在民国却是常有的，譬如高君宇和石评梅。他们之间曾演绎过的这种爱情，似琼浆玉液温暖过他们，也温暖着读过他们爱情故事的我们。

他们，一个是与冰心、林徽因等齐名的娇娇才女；一个是才华横溢的青年才俊。

他们相识其实颇早，早在高君宇还是石评梅父亲的学生的时期。只是，那时在老师身边的那个“倚门回首，却把青梅嗅”的评梅还小，还不足够引起他太大的注意。可是，若干年以后，便不同了。出落得婷婷的她，成了惊动他世界四方的女神。

于是，他对她展开了极为炽热的追求。

她虽被高君宇的爱情点燃了爱火，然而高君宇后来坦承之事她却是无法接受的。他在乡下有一个父母包办婚姻的妻子，这让她想起自己惨痛的经历。于是，最后她决绝地表示，“宁愿牺牲个人幸福，而不愿侵犯别人的利益，更不愿拿别人的幸福当作自己的幸福。”

她拒绝了他。

然而，他却依然痴心不改。

利用一个参加革命工作的间隙，他回到了老家跟妻子离了婚。获得自由之身的他，与石评梅的情感有了些发展。但不久，他便病倒。

他们陪伴的最后、最好的时光，全都是在医院。

1925 年 3 月 5 日，他病逝，永远地离开了她。

所有的悲痛袭击了她，她含泪将他葬在他们常去的北京郊外的陶然亭，并亲手在墓碑上写下情真意切的碑文。

他逝去三年后，她患上了严重的脑膜炎，随即离开了这个爱恨交加的世界，奔赴他在的那个地方。

“生前未能相依共处，愿死后得并葬荒丘。”这是她生前镌于心底的心愿。于是，朋友们便将她葬在了他的旁边。

至此，他和她才真正融为一体。

阅到此处，不免令人心酸不能自已。

石评梅真是个傻姑娘，让悲伤困住了爱情，更困住了那个给她真心的人。

（一）一片红叶寄相思

他和她都来自山西，是受新思潮鼓舞的有为青年。

高君宇曾是“五四”运动北大的学生领袖，后来跟随李大钊、孙中山，成了一名职业革命者。石评梅则是毕业于北京女子师范的高材生，在新文化运动的熏陶下，她展露的文学才华倾倒了一大批读者，毕业后还供职于北京师大附中。

她的优秀，在家乡时高君宇就有所耳闻了，所以在京城时对她发表在报刊上的诗文特别留意，也因此对她这个人多了几分倾心与赞赏。

他们在一次山西同乡的聚会上，第一次见了面。那天，高君宇在会上激昂地讲述了学生运动的意义，这大大地吸引了一大票老乡的认同，其中也包括石评梅。会后，他们俩有了一次倾心的交谈，高君宇对爱国事业的热忱令石评梅敬重不已，而石评梅的清丽淡雅则大大地让高君宇倾心。

不过，他们相逢的时机不对。

那时，石评梅正跟某报社的记者吴天放处在热恋中。即便他有多倾心，有多想结交，还是强行压下了满心的爱慕之情，而只是用书信来表达对她的关心。

只可惜，吴天放不是个正人君子，只是个风流倜傥的负情人。他对石评梅隐瞒了自己有妻有子的已婚身份。当石评梅知道这事时，世界都似塌了一般。要知道，她曾将自己所有的少女的痴心和热情都毫无保留地献给了他，而且是欲罢不能。这让她痛苦不堪，几乎痛不欲生。

然而，她是那么善良，最后还是选择了放手。

吴的妻儿，毕竟是无辜的，她不忍因为自己的存在而带给他们任何伤害。于是，再不曾和吴天放有一丝一毫的来往。

从此，她也陷入一股“说不出的悲哀”中了，而她写给高君宇的信和诗，也由清新活泼转为哀怨愁城。

她的疼痛，信背后的高君宇可以真切地感知，由此对她更是心疼。

于是，他准备对她展开炽热的追求，想用自己一颗真诚的心好好爱她，好好心疼她，好好保护她。时常，他邀请石评梅到陶然亭去听关于工人运动和妇女解放的演讲，以期可帮助她走出失恋的阴影。

那时的石评梅，住在一处叫作“梅窠”的北师大附中教员宿舍里。

实为京郊一座破旧古庙的“梅窠”，经多年的风雨侵蚀后更像个荒斋，幸而有一盆傲霜的红梅点缀，才冲淡了些许荒漠冷寂。然而，对于失恋的人而言，这里静寂如荒原，如冰窖，如深渊，无任何温暖。所以，那时的石评梅常常会在这个地方，联想到人生的悲哀和生命的轻忽，内心时常处在一股浓重的愁绪里。

恰这时，她收到了他从西山给她寄来的那封有着浓郁爱意的信。

拆开来，里面是一张白纸和一片红叶。红叶，是在西山养病的高君宇采自西山碧云寺的一片红叶。当初为了和封建家庭的包办婚姻反抗，高君宇落下了咯血的病根，每逢秋寒易发作，所以在秋天时他搬到清幽的西山静养。当漫山秋叶红遍的时候，他对石评梅的思念已然成海。于是，他寻到一片最红最美的红叶，深情地题下了那句诗句，寄予石评梅。

她站在窗前，对着艳阳将心形的红叶举起，看到了上面题着的句子："满山秋色关不住，一片红叶寄相思。"

她的心海，瞬时被搅乱了，波涛汹涌起来。

然而，爱意还未深浓，她无法从初恋的受挫中真正醒悟，沉浸在那段欲爱不能的情感里，且久久不能忘怀。于是，虽然心动，但情未能动，她觉得自己无以承受这片红叶的赤诚及火热。她决绝地，虽犹豫再三仍还是狠下心来，提笔在红叶的背后写下了那一行绝情的字：枯萎的花篮不敢承受这鲜红的叶儿。

而那一厢，怀着忐忑不安，等待着的高君宇，终没能获得美人的心。

惟喟叹，自古多情总被无情恼，爱恋里，谁都无法例外！

（二）情缘自绵延

这世间最拒绝不了的是自己的情愫。

石评梅虽然将高君宇拒在爱情的千里之外，但因自己情愫深种，也陷入到一种极端的矛盾和痛苦之中。

一方面，她认为"不能使对方幸福比自己得不到幸福更痛苦”，而狠心绝情拒绝他；另一方面，她依稀仿佛看见了高君宇的失望，因而内心又充满着愧疚、不安和自责。

就此，她把自己圈在一个风雨凄迷的世界里。恰这时，家里来信说自己的童年好友吟梅因爱情的不幸，染病身亡了。这双重打击下，她终于不堪重负而病倒了。

也正是因为自己的病，她和高君宇之间因为拒绝而生的隔阂化为虚无。高君宇，有了照顾、接触她的更多的机会，而他们之间那暗涌的情愫，亦浓、亦稠，继而将彼此黏成一团。

只是，石评梅还是无法放任自己大胆去爱。她心里愈爱，愈害怕来自他的柔情万千，像只畏缩不已的猫，老想着蜷曲起来，不面对，不回应。由此，在新仇旧恨的纠结中，她的病是愈发地难痊愈，拖拖沓沓中竟然躺了四十多天。

还没下定决心在一起，就又迎来了分离。

1924 年 4 月的一个狂风暴雨的夜里，乔装的高君宇突然造访“梅窠”。原来他是在躲避军阀的追捕，为了和眷恋日久的她告别，才连夜披风沥雨地赶来。

长久以来，一直有个困惑缠绕在他的心间。他不明白为何石评梅一直不接受自己的心，是不能忘情于吴天放，还是害怕他始终处在必须流血的革命中？抑或自己有着的那个包办婚姻的束缚？

他是绞尽脑汁，也想不明白。

不过，这一次趁躲避军阀之时，他决定去往老家解决掉自己无爱的婚姻纠葛了。他迫切地希望，自己可以以一个自由之身光明正大地继续追求他深爱着的她。

这一别，却是未知的。可再相见，是几何，没有谁可以给出答案。

于是，这凄雨下的“梅窠”多了些许悲情。一整夜，他们相坐无语。直到他起身离去，他们才互道了前途珍重。

是年8月，在张望中石评梅终于收到高君宇寄自上海的信。厚厚的一摞纸里，写满了高君宇的思念，也讲述了自己解决婚姻问题的经过，以及自己投身革命事业的激情。

然而，这一次石评梅依然没能做到坦诚接受。

她没有勇气，早已心灰意冷，更忌怕着世俗人言，终究还是婉拒了他。

她虽感叹着“从此后，她真的孤身只影流落天涯，连这个礼教上应该敬爱他的人都莫有了”仍硬着一颗心肠，给他回信道：“我可以做你唯一的知己，做以事业为伴共度此生的同志。让我们保持‘冰雪友谊’吧，去建筑一个富丽辉煌的生命！”

收到石评梅的信后，高君宇似被愣生生地浇了一盆冰水，冷在了寒冷的冬夜。他幽幽地回应石评梅道：“只会答复人家不需要的答复，只会与人家订不需要的约束！”他的内心是有些许哀怨了，然而挚爱的一颗心仍是包容了石评梅对自己的逃避，像过往的每一次一样。于是，在随后的信中他依然深情写道：“我是有两个世界的：一个世界一切都是属于你的，我是连灵魂都永禁的俘虏；为了你死，亦可以为了你生。在另一个世界里，我是不属于你，更不属于我自己，我只是历史使命的走卒。不如意的世界，要靠我们双手来打倒！”“你的所愿，我将赴汤蹈火以求之，你的所不愿，我将赴汤蹈火以阻之。”

即便如此，他内心仍无时无刻不被一种爱着她的情愫烧灼着。

世间最痛，便是似这般的情了吧。

后来的后来，在一次平息商团叛乱的斗争之后，他在一番生之无常下，细思量之后，去街上买了两枚洁白、清冷的象牙戒指，一枚戴在自己手上，另一枚则连同几件在战斗中的纪念物一起寄给了石评梅。

他是不甘心就此放手的。在这战乱无常中，他还是想许她一个爱的承诺。

——“爱恋中的人，常把黄金或钻石的戒指套在彼此的手上以求两情不渝，我们也用这洁白坚固的象牙戒指来纪念我们的冰雪友谊吧！或者，我们的生命亦正如这象牙戒指一般，惨白如枯骨？”

（三）若爱，请深爱

高君宇终于回到了北京，然而却不能再和石评梅在明月艳阳下畅聊了。

半年多的奔波劳累，使得他的旧疾复发，他被送进“德国医院”（今北京医院）。

这一次，换石评梅来照顾他。

第一次探望他，他便一眼看见她戴在手上的那枚象牙戒指，倏尔心底升起万千甜蜜。石评梅，他这一生最挚爱的女子，终于接受了自己。——后来，这两枚戒指，再未曾离开过他们彼此的手。

只是，他们的情感终不能有个圆满的好结局。

石评梅每次去探望他，都会体贴地带着一束她心爱的红梅。某次，高君宇睡着了，于是石评梅就给他写了张字条：

“当梅香唤醒你的时候，我曾在你的梦中来过。”然而，她虽表白了心意，却仍无法做到和他携手相牵走过这一生。

又一次，石评梅给他一勺一勺地喂橘子汁，沉浸在浪漫温暖中的他无意问了句：“世界上最冷的地方是哪里？”石评梅一声“就是我站着的这地方”，一下子，就将他从天堂拽回冰冷惨淡的现实中了。

他再一次对她表白自己的心：“评梅，我是飞入你手中的雪花，在你面前我没有我自己。”一面，他又鼓励她起来和不如意的生命作斗争：“命运是我们手中的泥，我们将它捏成什么样子，它就是什么样子。”

只可惜，真是一场错爱。石评梅虽将自己的爱意表达，但仍固执地将自己禁锢在“独身主义”的牢笼里。她像入了魔地将自己设想为一出悲剧中的女主角，过着一种超然冷艳的生活，而无法释然地走出来。

病愈后的某一个晴天，他们相约雪后游常去的陶然亭。

雪后的陶然亭，一片银装素裹，人极少，四周一片寂静，天地间仿佛只有他们这一对恋人。石评梅织着毛衣，高君宇贴心地给她拿着线团，他们一边走一边聊，自是惬意无比。暖阳下，高君宇心内充满了欢乐和力量，他不怕前途多舛，只求上苍可以让他拥有健康，好好地爱护眼前他深爱的女子，好最终赢得她的心。

走到葛母墓前，高君宇突然说道：“评梅，你看北京这块地方，全被军阀权贵们糟蹋得乌烟瘴气、肮脏不堪，只有陶然亭这块荒僻地还算干净了！评梅，以后，如果我死，你就把我葬在这儿吧！我知道，我是生也孤零、死也孤零……”

听后，石评梅突然陷入一种前所未有的伤感中。

回去的路上，当高君宇轻微咳嗽了两声，石评梅的心就收紧成一团，情急于色也全进了高君宇的眼。一时，高君宇美在心头，陶醉般地在雪地上用手杖划出了两个字：心珠。这是石评梅的乳名，他从未曾唤过。

此时，地上恰有两片枯瓣，高君宇想起石评梅先前的悲哀，于是在地上挖了个坑把它们埋了，说：“埋葬了我们的悲哀罢！”

然而，悲哀真的说埋葬就能埋葬掉了吗?

不久，不顾医生“须静养半年”的劝告，高君宇又南下奔波了。归来后，他便因急性盲肠炎被送到医院，只三天工夫就瘦成了一把枯骨。

此时，对高君宇的病，石评梅有了不好的预感，当她伏在形销骨立的高君宇的床前时，不禁泪如泉涌。

“评梅，你的泪什么时候才能流完呢？”

“君宇，现在我将我这颗心双手捧在你的面前，从此后我为了爱而独身，你也为了爱而独身。”

“评梅，一颗心的颁赐，不是病和死可以换来的，我也不愿用病和死来换你那颗本不愿给的心。

“我知道我是生也孤零、死也孤零。死时候啊，死时候，我只求独葬荒丘……

“评梅，这儿的信件，你拿走罢，省得你再来一次检收！”

这是高君宇在死前，亲口和石评梅说下的诀别的话。

1925 年 3 月 5 日凌晨两点，在孤寂无人的夜里，高君宇挣扎着死在了病床上，留下了他未竟的事业，未完成的爱情。

而石评梅在那天夜里，梦见了他来和自己告别，夜半惊醒，她好想去医院看他，告诉他，她忏悔了，不再坚持“冰雪友谊”了，只要他病一好，她就跟随他海角天涯，永不分离。然而，她再去，他早已尸骨冰凉。他再也听不见这爱的誓言。

所谓饮恨千古，就似这般吧！

她抚棺痛哭，她忏悔不已，也只是她一个人的事了。这世间，他之后再无人那般疼惜她了。她从他的遗物中，找到了当初那片寄情的红叶，上面的字迹依然，只是中间早见枯萎，并且裂了缝隙。她久久地捧着这片红叶，心如刀割：

“上帝允许我的祈求罢！我生前拒绝了他的，我在他死后依然承受他。红叶纵然能去了又来，但是他呢，是永远不能再来了！”

又如何，他终究离开了她的世界。

尾语

她将他的墓地，选在了那日他亲自指给她看的地方。

在陶然亭畔葛母墓前那片空地，她将他葬入墓穴，同葬的还有自己一张小照，以及那枚满盈着他们俩万千情愫的象牙戒指。并且，在他白玉墓碑的左侧，还刻上了她亲自手书的碑文：

“我是宝剑，我是火花。我愿生如闪电之耀亮，我愿死如彗星之迅忽。

“这是君宇生前自题相片的几句话，死后我替他刊在碑上。

“君宇！我无力挽住你迅忽如彗星之生命，我只有把剩下的泪流到你坟头，直到我不能来看你的时候。评梅。”

这碑文，是她从心底深处发出的眷爱不舍。

诚如她所言的，“要把剩下的泪流到你的坟头”之后，在陶然亭畔高君宇的墓前，经常会有一位憔悴的女子每周风雨无阻地前来祭吊。那是她，她想用泪水浇灌好高君宇墓前的花草，好让它们芬芳青葱，好以此让高君宇有陪伴。

她的一颗芳心，就此只为纪念他而活。

“碧海青天无限路，更知何日重逢君？”

——1928 年 9 月 30 日，在高君宇逝去的三年后，终年沉寂在悲哀里的一代才女石评梅，追随着他的脚步到了他在的另一个世界。

根据她的遗愿，她被葬在了高君宇墓旁，终于完成了她和高君宇“生不能成宗室亲，死但求为同穴鬼”的心愿。

只愿天下情侣，不再有泪如你

林觉民 to 陈意映

美好的爱情，大抵就是这样吧：用余生的陪伴抵甜言蜜语与缠绵悱恻。

看他们的故事，读他们的情书，便更唯愿在这世间的你我，都能遇到那个值得托付终身的人。一生一世是奢侈的话，哪怕刹那间的永恒也好。

最美情话

◎“我非常爱你，也就是爱你的这一意念，促使我勇敢地去死呀。我自从结识你以来，常希望天下的有情人都能结为夫妇；然而遍地血腥阴云，满街凶狼恶犬，有几家能称心满意呢？”

◎“古语说：仁爱的人‘尊敬自己的老人，从而推及尊敬别人的老人，爱护自己的儿女，从而推及爱护别人的儿女’。我扩充我爱你的心情，帮助天下人爱他们所爱的人，所以我才敢在你之前死而不顾你呀。你能体谅我这种心情，在哭泣之后，也把天下的人作为自己思念的人，应该也乐意牺牲我一生和你一生的福利，替天下人谋求永久的幸福了。你不要悲伤啊！”

◎“我的意思是说凭你的瘦弱身体，一定经受不住失去我的悲痛，我先死，把痛苦留给你，我内心不忍，所以宁愿希望你先死，让我来承担悲痛吧。”

◎“刚结婚三四个月，正赶上冬月十五日前后，窗外稀疏的梅枝筛下月影遮掩映衬；我和你并肩携手，低声私语，什么事不说？什么感情不倾诉呢？到现在回想起当时的情景，只剩下泪痕。”

◎“现在又有人说心电感应有道，我也希望这话是真的。那么我死了，我的灵魂还能依依不舍地伴着你，你不必因为失去伴侣而悲伤了。”

◎“我爱你到了极点，所以替你打算的事情只怕不周全。你有幸嫁给了我，可又为什么不幸生在今天的中国！我有幸娶到你，可又为什么不幸生在今天的中国！我终究不忍心只完善自己。”

他和她的爱情

一纸薄笺与妻书

知道这样的爱情，还是因为林青霞主演的一部很老的电影《碧血黄花》。就是这部老电影和一封老情书，让我有了想去了解这样情事的心思。

他和她的爱情，是那个年代最常见的包办婚姻。婚前，他们不见爱情，婚后，却在日复一日的相处中愈加地缠绵悱恻。

这样的爱情，可以说是先结婚后恋爱。放在现在，也是令人羡慕不已的。要知道，人和人之间相爱的概率本就是千万分之几的。于这世间，在对的时间遇到对的人并且可以相恋相爱，是多么不易。

更何况，他们之间的爱情，还是这般感人至深，即便百年之后，仍是让万千人能感同身受到他们之间那份刻骨铭心的爱情。更有一封薄笺，在这十丈红尘中深情万千，给他们绝美的爱情镌刻下如花的注脚。

她叫陈意映，名字真美，读来很有琼瑶小说女主角的意境。确实，她很具有琼瑶剧里女主角的韵美。在一个诗书礼义颇渊的家庭里长大，她身上具备的全都是大家闺秀的优质特质，灵巧、雅致，能诗善文，最重要的是她长得还水灵清秀。

这样的她，为他们的爱情也埋下了美好的一笔。试想，有多少男子，可以抵抗一个美好的女子？

爱上，只不过是时间问题罢了。

光绪三十一年（1905 年），她成为了他的妻子。

时年，他十八岁，她十七岁，真是一对好年华的璧人。他们住进了福州闹市区的杨桥巷 17 号。这之后，他们在那座叫双栖楼的二层小楼里，生活栖息，日子过得很是惬意。

随后的斗转星移、沧海桑田里，他们在日久弥深里，渐渐深爱上对方，并且爱得很深很深，到了谁离开谁都会像被剥了一层皮一般疼痛难忍的地步。

只是，这般深爱着的两个人，仍旧无法逃脱大时代背景下的悲剧。

某一日，他在革命中英勇就义，只留下一纸深情万千的薄笺与她；而她这之后，便只在了“谁给你选择的权利让你这样的离去，谁把我无止境的付出都化成纸上的一个名字”的痛不欲生里。

有许多许多的人，会像我这样无法想象，这个孱弱的女子是如何承托起失去爱、失去希望的生活。所谓“生命不能承受之轻”，是无数人无法逾越的，她又是如何度过那些无眠的撕心裂肺的夜晚的？

尽管她在悲伤中坚强地生下了遗腹子林仲新，而她却是无论如何也没能走出失去他的悲伤。加上后来生活变得更加艰难，她在林仲新刚刚两岁的时候，就郁郁而终。

留在身后的是两个幼儿和一册诗稿。

（一）琴瑟在御，莫不静好

曾经深受包办婚姻之苦的林觉民的父亲林孝颖，不知为何最后还是给儿子包办订下了这门婚事。也许，他以为自己以一颗“知子莫若父”的关爱之心，来选择一个门当户对的儿媳是对爱子最大的爱护。

林孝颖实质上是林觉民的叔叔，这位饱读诗书的学士，在年轻时不幸经历了一场很不称心意的包办婚姻。倔强的他，从新婚之夜即将他的新娘打入冷宫，每日里以诗集酒盏排遣度日，他的新娘则整日与泪和委屈相伴。

为了缓和他们这个家庭的僵局，林觉民的生父、林孝颖的哥哥便将自己的幼子林觉民过继给他抚养，好以此使得那个冷清的家能生一些生机和乐趣。

聪明伶俐的林觉民很得林孝颖的宠爱，从小到大都被林孝颖精心呵护着。

于是，因为太爱，便为他准备了一场门当户对的姻缘，所聘是当地大户陈元凯的女儿陈意映。他是笃定，身为名门闺秀的陈意映肯定可以入了自己儿子的眼的。

真是幸事一桩，他们二人没有步上他的僵局一般的婚姻的后尘。在日日相处中，他们惊觉彼此之间竟有着某种似曾相识的默契。

他才学出众，她虽是女子，论起才情来是不输他多少的。

那时，他们住在林家大宅的一座二层的精致小楼里，楼前有种芭蕉和梅花。新婚之际，他们每日都会携手并肩，看日出日落，看星辰起伏，或在楼上甜蜜私语，吟诗赋词；或在庭院中赏花斟酒，漫步闲情，日子美好得让人想要尖叫。

对于父亲给予的旧式婚姻，他是感激的，因为是陈意映这个女子的缘故。曾远行的日子里，他还在对妻子的刻骨思念里写下了一篇温情缱绻的《原爱》：“吾妻性癖好尚，与余绝同，天真烂漫女子也！”

在他的内心，理想的爱人就是这样的吧，是支持理解，而不是锱铢必较。

若不是在那个动乱时代，他们的爱情和婚姻定是最美好、最完满的。

然而，生在乱世，如何只要一个小家的圆满，对他这个胸怀雄伟志向的男子而言，太难太难了。在家，他是与爱妻过着温润生活的好男人；在外，他则是同学们心目中最风云的英雄人物。

那时，他还没从全闽大学堂毕业。作为光绪皇帝谕批的一所新式学堂，是戊戌变法的副产品之一。这所学校以传播民主思想而著称，是新观念、新文化的活跃之地。在这里，他如鱼得水，不仅如饥似渴地学习着新的知识、思想，还勇于开拓新的风气。曾经，他以思辩之才闻名全校，加之他又颇具领导者的气度和风范，因而年纪虽小的他，却已发动了校内的几次学潮。各种爱国演讲中，也自是少不了他的身影；口才极佳的他，因着一颗热血的爱国心，使得他每次演讲都慷慨激昂。

大家都视他为偶像，为英雄。

对于陈意映来说，他也是偶像。因此，她与他的默契相谐也并不仅仅是几首诗词，而是她深懂他，对他的志向和抱负不仅理解支持，还能尽自己最大的能力去协助他。林觉民在外传播西学新思想，她便配合他在家中开办了一所“家庭女子学校”。此外，她还专门进入福州女子师范学堂学习。

这样深明大义的妻，真是一位难得的好妻子。

（二）何事不语，何情不诉？

在他们结婚一年多后，林觉民顺利从全闽大学堂毕业。

不久，他又启程前往日本自费留学。

当时的日本，是中国爱国志士们聚集的中心。所以，本就有着满腔爱国之火的林觉民到日本不久，就通过同乡旧友结识到许多革命者，并加入了孙中山先生在日本东京倡导成立的同盟会。

他开始积极地参与革命活动，在日本和中国香港、福州、广州等地秘密奔走。

关于自己“革命”的事，他瞒了已年迈的父亲，却对爱妻无任何隐瞒。这是因为，他深知这个在深闺大院长大的女子，没有一丝娇气和怯弱。是的，她在常听他讲述的当前局势里，深知丈夫所做的事情是崇高的、令人钦佩的。所以，对于他行的事，她是理解、信任、支持的。

每次林觉民从日本回到福州，参加同盟会福建支部的会议时，陈意映都是同往的。夫妻两人的出行，不会引起外人的怀疑，以为郊游或者去请愿，而每次到了会议地点，陈意映还担当了在外望风的任务。只是，林觉民革命活动的地点不只福州，还常常到外地去，这样陈意映便无法前往，担忧便暗生在心，毕竟是稍有不慎就会招来杀身之祸的革命事业。

所以，每当林觉民离开时，陈意映的心里就充满了担忧和不舍，不过，因为深知丈夫去做的是为血脉同胞谋利的大事，她便将自己的小心思放下，只默默地为他打点行装，从不做任何阻拦或挽留。

林觉民是从加入同盟会那天起，就置生死于度外了。

1911 年春天，他从日本回到香港，成了数百名敢死队成员中的一个，随后回到了福州，在当地人中招募到更多的起义者。

父亲林孝颖发觉了他的异常，从他的目光和忙碌的举动中察觉到非同寻常，却没有点破，他太了解自己的爱子，一身凛然大气是无法被说服的，还是装糊涂吧，这样未尝不是成全儿子的一片孝心。

然而，这一次陈意映心中却有了很深的不安。因为这一次，林觉民显得异常忙碌，很少在家中安坐，总是到处奔走，只有在夜深才带着满怀的歉疚陪在自己身边。她还不知道，这一次丈夫马上要去完成的一件大事是什么样的大事，也不知道这件大事的成功率有多大，更不知道这次的丈夫可否安然地活着回来。

她的内心，愈发惶惑不安。

曾经，在六七年前，她曾对他说过："望今后有远行，必以告妾，妾愿随君行。"

他应允了她，答应若以后再有远行，一定带她同行。

可惜，这一次不成，因为她怀有身孕。本来他是打算让她与自己同行，并甚至打算由她协助自己来完成这次任务的，他和同伴们在福州西禅寺秘密制造炸弹，造好后装在棺材里，准备以出殡来掩人耳目，将这些弹药送到广州。他本想让她假扮孀妇，随队伍出行作为掩护，然而，因为她怀有身孕，身体笨拙便作罢。最后，临时找了另一位同志的妹妹来协助完成这次任务。

前往广州之前，林觉民也知这次生死未卜，却是到最后仍没开口将实情告知她，不过，善解人意的她早已从他这数日来的言行中猜测到他此去的艰险。只是，她却无法将一句劝慰的话说出。也是，千言万语哪抵得上深情的目光和理解的微笑来得有力量？

于 1911 年 4 月 9 日，他再次提起行囊远行。

临行前，他还笑着对她和家人说：“我很快就会回来的。”

只是，言犹在耳，他早已不在这人世间。

人世间的事，有太多无常。珍惜当下，才最明智。

什么爱意情仇，过后全会成云烟。最重要的，还是和深爱的人相拥看世间风景，相携走世间路。

好的爱情，更是如此。

（三）我留守着数不完的夜

起义，终是失败了。

连同他们的爱情，淹没在那无边昏暗里。

在清军的包围下，他在激战中被子弹击中腰部，当即痛倒在地，然又马上强撑着起来拼力还击，但是势单力薄下还是被清军抓获了。

当硝烟散尽，他已枷锁在身，铁链绕踝，被押在总督衙门的大堂里。面对着两广总督和清军水师提督，一身正气的他仍是毫无惧色的："死有何惧？我等莽撞书生奋起一击，偌大一个广州城，如入无人之境，唤醒亿万炎黄胄裔，两广必为之一振，天下必为之一振。从此，朝廷兵马不足道，天子王法不足惧，虽头断血流，暴尸街头，但华夏大地少了一干英杰，黄泉路上多了一群鬼雄。我等一死，死得其所！血洒神州，快哉快哉！"

是的，在最初加入同盟会之际，他就将生死置之度外了，早已无惧生死，只是不舍得他爱的妻儿。不过，满怀一腔爱国之心的他仍在侃侃而谈，在大堂之上，一身凛然之气地谈大厦将倾的清王朝，饿虎竞食般的外国侵略者，革命党人的志向与抱负，百姓的苦难……

他越说越激动，全身洋溢出的那份深切救国的情怀，及那崇高而无畏的壮烈心胸，令在场的人无不为之动容。

然而，未能感染到在场的那两个掌控着他生杀大权的官吏。

他们虽然暗自钦佩着他的志气，赞叹着："惜哉！此人面貌如玉，肝肠如铁，心地如雪，真奇男子也！"却还是扔出了“杀无赦”的法令。

他终被无情和冷漠所害，而且尸骨无存。

时年，远在海外筹款的孙中山先生在得知起义失败的消息后，不禁仰天痛呼：“吾党精华，付之一炬！”是呀，包括他在内的一百多个敢死队成员，个个是堪称精英的优秀人才。他们参加起义，并非由于生活所迫不得已而为之，相反，他们多出身优越，家庭美满，然而为了心中的民主和自由的理想，毅然决然地踏上了这条不归的革命之路，只为千万万苦难中的同胞们，只为驱除鞑虏、恢复中华的鸿志。

他们是真伟大而令人敬佩，让人永远崇敬和感念的！

他离去的消息，最先知道的是正在广州供职的岳父陈元凯。在得知林觉民被捕后的第一时间，他就火速给女儿陈意映去信，让她赶紧带着一家老小逃命，这是因为清政府很有可能会因此全家株连，满门抄斩。

就这样，林家大宅于一夜间人去楼空。

他们一家老小，避居在福州一处偏僻的房屋内。此时，陈意映还没获知林觉民被处决的信息，她还在孤寂的眺望中祈盼着他的归期。当密集的枪声炮火在广州城轰然响起时；当刽子手无情冷血地举起手中的长刀时；当林觉民于悲壮中献出了生命时，她还以为他仍在狱中煎熬受难，还以为他的归来是有时日可等待的。

只可怜了她一颗揪着的心。

最后，她等来的是装着林觉民一颗赤心的包裹。这是起义前的一天夜里，林觉民趁着夜色蘸泪所写的，后托友人转达。

包裹里，是两封家书。

一封是写给父亲的《禀父书》：

不孝儿觉民叩禀：

父亲大人，儿死矣，惟累大人吃苦，弟妹缺衣食耳。然大有补于全国同胞也。大罪乞恕之。

另一封，就是写给陈意映的《与妻书》。

意映卿卿如晤：

吾今以此书与汝永别矣！吾作此书时，尚为世中一人；汝看此书时，吾已成为阴间一鬼。吾作此书，泪珠和笔墨齐下，不能竟书而欲搁笔。又恐汝不察吾衷，谓吾忍舍汝而死，谓吾不知汝之不欲吾死也，故遂忍悲为汝言之……

满满深情全融在了字里行间，陈意映用颤抖的双手抚着这一方巾帕，仿似天地都不存在了，耳边只回荡着深深的冷彻心扉的悲怆及疼痛。如同坠入暗黑的深渊，看不见任何光亮了，最后晕倒在地上。

幸亏家人及时赶来救起，她和腹中的胎儿才免于一难。

她本一心求死的，要追随他的脚步而去的。生之连理，死之同穴，她一直都这样笃定地认为着。所以在最伤心欲绝时，她的心里唯有死，再无其他。还好，林觉民的双亲察觉了她的这一切，双膝跪地哀求她为了可怜的孩子也要好好地活下去。

无奈何，她只得含着泪忍着悲伤，凄恻地度过每一个煎熬的日子。

日光之下，再无新事了。

她仿似行尸走肉，在这人间郁郁而行。一个月后，她生下了他们的遗腹子，早产，取名林仲新。

五个月后，武昌起义成功打响了辛亥革命的第一枪。这一战应疗慰了九泉之下的林觉民的。

一年后，陈意映终因为悲伤过度，在思念林觉民的恸绝里逝去。

生离死别，对相爱的两个人而言，还是抽筋扒骨的。

尾语：

歌手童安格和齐豫，曾经演唱过两首歌曲——《诀别》和《觉（遥寄林觉民）》。在这两首歌曲里，都分别模拟了林觉民和陈意映的所思所感，在他俩那发自内心的哀婉叹息中，人人听后都会泪湿眼眶的：

夜冷清，

独饮千言万语。

难舍弃，

思国心情。

灯欲尽，

独锁千愁万绪。

言难启，

诀别吾妻。

烽火泪，
滴尽相思意，
情缘魂梦相系。
方寸心，
只愿天下情侣，
不再有泪如你。

——《诀别》

觉，
当我看见你的信，
我竟然相信，
刹那即永恒。
再多的难舍和舍得，
有时候不得不舍。
觉，
当我回首我的梦，
我不得不相信，
刹那即永恒，
再难的追寻和遗弃，
有时候不得不弃。

爱不在开始，

却只能停在开始。

把缱绻了一时，

当作被爱了一世。

你的不得不舍和遗弃，

都是守真情的坚持，

我留守着数不完的夜和载沉载浮的凌迟。

……

——《觉（遥寄林觉民）》

今天看来，这两首歌曲是对他们两人那坚贞不渝的爱情的最好注释，而他们两人那极具悲悯情怀的歌声更是对他们爱情悲凉的最好诠释。

而我知道，他们的爱情，在历史的洪流中，将永远于“刹那间成为最永恒”！

一见你的眼睛，我便清醒过来

朱自清 著 陈竹隐

在能爱人的时候，应倾情地去爱。

天真有时，温柔有时，生猛有时，不必为未来太过忧虑，一头扎进有他陪伴着的红尘有爱里，看风起云涌、花开花落，一切自有波澜和潋滟。这，便是最好的时光。

最好的时候，就是最好的拥有！

最美情话

◎“竹隐弟：这个人的名字，几乎费了我这个假期中所有的独处的时间，我不能念出，整天看报也迷迷糊糊的！我相信是个能镇静的人，但是天知道我现在是怎样挠乱啊！”

◎“隐：一见你的眼睛，我便清醒起来，我更喜欢看你那晕红的双腮，黄昏时的霞彩似的，谢谢你给我力量。”

◎“亲爱的宝妹，我生平没有尝到这种滋味，很害怕真会整个儿变成你的俘虏呢！”

◎“妹，我喜欢看你迷人的双眼，我喜欢听你轻轻的叹息，我喜欢闻你悠悠的发香，我喜欢摸你劳作的手掌……亲爱的妹，我整个儿已变成你了的俘虏！”

◎“隐：十六那晚是很可纪念的，我们决定了一件大事，谢谢你。想送你一个戒指，下星期六可以一同去看。”

“婀娜腰肢瘦一围，入时鞋履海红衣；盈盈巧笑朱唇晕，脉脉无言慧眼微。渐转歌喉莺语滑，长留余韵栋尘飞。沉吟踟蹰浑疑梦，荏染东风丝雨霏。”

他和她的爱情

一见你的眼睛
我便清醒过来

他们相识时，没有花前月下；他们爱恋时，没有山盟海誓的诺言；他们结婚时，没有豪宅金钱的装饰……

他们的爱，全倾注在了日常的琐碎生活中，倾注在了几十年的默默坚守中，以及那 75 封见证了他们爱情的情书里。在这些书信里，倾注了他这个深情男子的全部爱恋。而他的一生，也因为有了她而圆满幸福。

她不是他的结发妻子，却为他养大了前妻留下的 6 个子女。他们虽经媒妁之言相识，却谱写了一曲浪漫清新如温风的爱之恋曲。

只是，天妒良才，他早逝，让他们的幸福美满的姻缘戛然而止。那一年，他刚刚五十岁，而她不过才四十五岁，本应还有好长好长的岁月来相伴着走过的。

他去世后，她收拾起悲伤，带着她和他的 9 个子女孤寂地走过四十二年，之后安详地离世。

七年后，她的子女们在搬家的时候意外发现一只装有 75 封情书的小箱子。小箱子是他生前用过的，他走后，她一直小心地珍藏着，从未在子女面前打开过。而在小箱子内的 75 封情书，则是她最宝贵的心爱之物，里面的字字句句皆是他给她的爱。即便纸张早已泛黄，却被保存得至为完好。

他是朱自清，她叫陈竹隐。

（一）红尘有爱，美好如斯

在朱自清遇到陈竹隐之时，他正经历着一场丧妻之痛。

他与发妻武钟谦虽是包办而结婚的，然而感情却是极好的。数年的相守，早已在一餐一饭里种下了无数深情。内向沉静、性格温婉的武钟谦很入朱自清的心，他们在一起十二年，生下三男三女，然而，不幸的是武钟谦在一次肺病侵袭下永远地离开了。难过至极的朱自清，发誓不再娶，只守着对武钟谦的思念过此生。

只是，人生在世，心力总是拗不过现实的残酷的。

一年多的时间里，他为 6 个孩子早已劳心万分，觉得一个人的力量实在不够。于是，思想有了些许的动摇。恰这时，相熟的朋友也实在看不下去他一个人的艰辛，于是在他毫不知情下搭了红线。

那时的陈竹隐，比朱自清小五岁，是一个独立、活泼、新潮又有个性的魅力女子。她出生在成都一个贫寒的家庭，早早经历了丧父丧母的痛，明白生活只能靠自己去打拼。她坚忍好学，从四川第一女子师范毕业后又考入了北平艺术学院，攻工笔画，兼学昆曲。

初次相见，在看到长相清秀、性格活泼的陈竹隐时，他心内那个情动的弦被轻拨成歌了。竹隐，亦被他的才华横溢及正派温文儒雅所吸引。

于是，两个初见的人，皆心生了欢喜，在彼此的内心给了彼此一个位置。

朱自清先约的竹隐，竹隐欣然赴约，不见一丝一毫的犹豫不决。他们去饭馆吃饭，坐电车去看老电影，其相处之融洽、之甜蜜，令旁人都为他们高兴。

那时，他们一个在清华，一个住城里，来往很不方便，为了更好地表达对彼此的爱慕，他们之间的书信往来颇多。文笔优美的朱自清的情话写得最惊艳，1931 年 6 月 12

日，他写道：“隐：一见你的眼睛，我便清醒起来，我更喜欢看你那晕红的双腮，黄昏时的霞彩似的，谢谢你给我力量。”1931 年 8 月 8 日，他又写道：“亲爱的宝妹，我生平没有尝到这种滋味，很害怕真会整个儿变成你的俘虏呢！”

在爱情里，他早已臣服。

然而此时，竹隐却心生了犹豫。因为爱情最初的热烈过去后，她开始冷静了下来。她一想到，结婚后便成了 6 个孩子的母亲，就觉得压力大到自己不能承受。于是，在犹豫中，她渐渐地疏远了朱自清。这让朱自清的世界变得伤感，情书中可见。

可她毕竟是爱他的，这些羁绊无法阻挡住爱意。在他情书的感伤里，她终是没能熬住内心强烈的情感，再不管那么多身前身后的事，作了一只勇敢的飞蛾，接受了他和他 6 个年幼的孩子。于是，感激不已的朱自清在写给她的情书里道：“隐：十六那晚是很可纪念的，我们决定了一件大事，谢谢你。想送你一个戒指，下星期六可以一同去看。”

那个周六，他们一起去看了戒指。

不久，在朱自清从欧洲放学回国后，他们两个人在上海杏花村酒楼举行了婚礼。

彼时，他们相识刚好两周年。

（二）婚姻里也要有爱情

他们结婚后，朱自清的大男子主义和不浪漫差点就毁了他们的婚姻。

另外，他还沉浸在对亡妻的怀念中。

武钟谦虽然没有文化，却是个绝佳的贤妻良母，顾家、对他好，凡事都不让他操心，为他烧饭洗衣，看顾孩子，帮他分担不快，让他安心写作。也许，正是武钟谦的贤良淑德，才惯出了朱自清的大男子主义。

许久以来，他很享受武钟谦为他营造出的家庭氛围，他也是个念情的温润男子，因得了她的好，所以也要对她好。因而在武钟谦去世后，他曾非常伤感地说："我也只信得过你一个人，有些话我只和你一个人说，因为世界上只你一个人真关心我，真同情我。你不但为我吃苦，更为我分苦；我之有我现在的精神，大半是你给我培养着的。"

这样的眷恋，是不容易被取代的。

他也感恩，久长的岁月里，谁对他好，他便永生不忘，诚如父亲，所以有了那篇流传甚广的优美的散文《背影》。对于爱情，他心里更倾向于一种比爱情平淡又长远的情感。

所以，在他的爱情世界里，是没有电光石火般的激情的，有的只是不离不弃的关爱。

可是，陈竹隐远远不是他需要的那类女子。她生在一个书香世家，自小进私塾读书，虽家境清贫，但父母感情极好；家里有 12 个孩子，虽有些乱，却温暖。在如此环境下长大的孩子，自是天性善良浪漫的。同时，她又独立坚忍，才情了得。

所以，对于爱情的渴望有着最浪漫的想象。

谁知，一嫁入朱家，她即成了几个孩子的继母，生活全是围着孩子转，她的才情无以施展，而朱自清更是忽略了她与武钟谦的不同——她是要爱情的。他以为她和武钟谦一样，会照顾好这个家，不用他操心，他只管一心工作即可。

然而，她是要爱情的；要有爱情的婚姻的。

可是，现实却非这般理想。初为人妻，就有了落差。曾经，她会经常同同学一起写生、看戏，而今，她却要被几个孩子缠住，不工作，不会友，每天不是给这个孩子讲故事，就是给那个孩子补衣服，另外还要操心朱自清的饮食起居。

想来，还真是可怕。

这样琐碎的生活，一时还行，日子久了还真是让人厌烦不已。更何况，曾经的她是那般热闹地活着。

这一切，让陈竹隐生了厌，有了烦恼。

而朱自清对这一切还不自知，他以为陈竹隐和武钟谦一样热爱家务，喜欢家居生活。也是，他和武钟谦生活了十二年，早已习惯了如此生活。

某一日，他像往常一样回到家，饭菜却已上桌多时。一看饭凉了，他的脸色就不好看了，竟想起以前武钟谦的好了，于是不免嘟囔了句。就是这句不满，让陈竹隐隐藏内心多时的郁闷爆发。在收拾碗筷时，是叮叮当当地将锅碗乱摔了一气，看到如此的陈竹隐，朱自清的内心是又生气又伤心，更念起武钟谦的好。

于是，这样的两个人有了隔阂。

更有次，陈竹隐的朋友宁太太来访。闷在家里多时的陈竹隐自是高兴不已，竟然忘记将她领到别处聊天，而是在朱自清的面前大声聊起来了。两个女人可成一台戏，热闹有之，喧嚣有之，在一旁看报的朱自清自是被吵得一个字也看不进去。心中的恼火，是随着时间的推移变多变满。他冷着一张脸在那里，也不理宁太太，陈竹隐自然将这些看进眼里，心底的怨气是更深了。

她开始想念家乡成都了，觉得结婚一点意思没有。她也发现自己是这样的不喜欢北平，这里的街道、学校、杂货铺，她都看不顺眼。心里那个烦和厌，是无论如何都排遣不了了。

她不想过这样的日子了，于某一天，竟忍不住地哭泣起来。

朱自清见状忙问她怎么了，她便更觉委屈，索性将这些天来的不满全给发泄了出来。这时，朱自清才幡然醒悟，原来她的悲伤、寂寞、忙乱，他是如此残忍地给忽视了。

可是，他不是个花言巧语的男人，面对陈竹隐的委屈，他有些不知所措。不过，在内心他发誓要调整自己。于是，他开始抽出一些时间来陪她，把孩子们安顿好后，和她一起去散步，一起去听戏。

虽然只是偶尔为之，但陈竹隐明显地快乐了起来。

某一次，他们听完戏回家，在路上，陈竹隐还忍不住在朱自清的身边俏皮地唱了几句。月色里，朱自清看着她美丽的脸，心悦不已。

是的，婚姻是需要爱情滋润的。他们这对深爱彼此的人，在发现问题后，愿意共同努力解决问题，是多么难得。同时期，又有多少人的爱情毁在了这细碎的生活里。

（三）相知亦相伴

陈竹隐渐渐地适应了这个家。

她因为爱他，也爱屋及乌，视他的孩子们为己出。

他们的家庭生活，也慢慢趋于一种美满。

朱自清开始有了更多和她交流的事情，甚至在写作中，他开始征求她的意见了。某一次，他写一篇散文《女人》，其中有："在路上走，远远的有妇人来了，我的眼睛像蜜蜂们嗅着花香，直攫过去。""攫"字，原本是指手的动作，他却用在这里，与陈竹隐讨论这个字用得合适否。陈竹隐想了想说："这样一用，更可见急切和热烈的心情了。"这样的沟通，让他们有了最交心的沟通。

历久弥新里，他渐渐发现了陈竹隐的好，而对武钟谦的怀念渐渐隐退了。

他发现，她是个有思想的人，对自己的爱原来并不比武钟谦的少，只不过爱的形式和内容不同罢了。有了这样的思想转变后，他对她的爱意更深了，甚乎有了依恋。

就这样，他们适应着彼此，日子过得越来越温馨。

所谓，相知相伴是最好的婚姻吧！就如那首流传度极高的歌中唱到的：曾经在幽幽暗暗反反复复中追问，才知道平平淡淡从从容容才是真。

只是，他们的感情虽然好了，生活却日趋清贫了，主要还是因为家中孩子较多。他们在一起的日子里，很快就又添了孩子。这样，朱自清每月的薪水不过只够买 3 袋面粉，远远不够一家人的伙食量。

少食缺衣，成了他们家庭生活的常态。

不过，陈竹隐很是了得。以一个女子柔弱的身躯，为了支撑起这个家，她贡献出了自己的一切，放弃了多年来的画家梦，只留在家中专门相夫教子。没有积蓄，仅靠朱自清一个人的收入，每天有八张嘴等着吃饭，六个孩子要读书，这重担不是一般人可以承受的，陈竹隐却支撑了下来。为了继续孩子们的学业，她甚至还背着朱自清及孩子们去医院卖过几次血。

在抗日战争时期，因为朱自清工作的变动，他们夫妇带着子女随校南迁到了云南昆明。动荡使生活更加困难。为了缓解这困状，为了让朱自清更好、更安心地工作、写作，陈竹隐再次做了勇敢的牺牲，她毅然带着子女们回到家乡成都，免去了朱自清的后顾之忧。

谁说夫妻本是同林鸟，不懂得共患难？

遥远的距离，加剧了他们夫妻间的相思。每逢寒暑假朱自清都归心似箭，不远千里从昆明赶往成都。路途遥远，他却不以为苦，每次反而乐在其中。

这样的男人，也是暖心的人。放在现在，可以说是十足的暖男，懂得体贴，懂得如何去爱自己的女人。

那几年分离的动荡岁月里，他们的日子清贫艰难。她一个柔弱的女人，带着几个孩子是东躲西藏，常常经受着饥饿之苦，更有疾病的侵袭，曾经有一阵他们母子几人还到了相继病倒住院的悲惨境地。二女儿就是在那个时候，得了暴病，只一天时间就去世了。

不过，生活即便如此困顿，也没能击垮陈竹隐。仿佛一夜间，她变得坚强、敢于承担，再无昔日那些娇气，将全部精力、心力和体力投入这个家庭中。

后来，总算苦尽甘来，他们夫妻俩终于团聚。

然而，这时朱自清的身体却出现了不适。在联大的多年里，因受战乱的影响薪水并不能按时发放，又担负着养活全家十几口人的责任，独自生活的他不得不节衣缩食，落下了很严重的胃病。

看着越来越瘦弱的朱自清，陈竹隐是疼在了心里。为了让他尽快恢复，她尽可能地节省出钱来为他买一些新鲜的水果蔬菜，来调养他的身体，而她自己则是一如既往地省吃俭用。看着曾经秀外慧中的女子，为了自己、为了这个家早已没了往昔的模样，朱自清觉得特别内疚。

可是，对于陈竹隐而言，能守着一个自己爱的男人，自己爱的家，什么苦都不怕，什么难也都可逾越。对此，她不但无任何怨言，还暖心地向朱自清提出了这样体贴的“约法三章”：

一、家务事由她大包大揽，朱自清不必插手，只需专心写作、备课即可。

二、要培养孩子们的独立意识和生活能力，该让他们去做的事，便不用父母代劳。

三、虽然家贫，但也不必为此烦恼，各项开支能省则省，能维持基本生存就够了。

能得这样一个体贴入微、善解人意、任劳任怨的女子为妻，真是夫复何求!

所谓大爱就是这样的吧，就如同高尔基说过的：“婚姻是两个人精神的结合，目的就是要共同克服人世的一切艰难、困苦。”

也是，再美好绚烂的爱情，若是不能够相互扶持，也是不能够白头偕老的。要知道，婚姻绝对不是单纯地两个人在一起那么简单，也不是两个人的婚姻，它是爱情、亲情、友情的结合体，需要认真打理、小心呵护，要付出之后也不求回报的。

所以说，好的婚姻是需要智慧和气度的，是需要夫妻同心共同经营的。

就如朱自清和陈竹隐一般。

尾语：

只是，他们后来的日子，没能因为团聚而更圆满。

朱自清的身体越来越差，不分昼夜的辛劳，加上生活的困顿，使得他的胃疾越来越严重。而他自己也知时日不多，为了能留给家人更多，他更是忍痛坚持着，上课、写作、写书，他如同一头老黄牛，不让自己的脚步停下。

1948年8月6日凌晨，那悲剧的一幕还是发生了。他胃痛到不能忍受，待陈竹隐将他送到医院时，他的胃溃疡已经严重到引起了并发症——胃穿孔。手术后，倒是脱离了危险，然而当所有人都松了口气时，他的病情再次恶化，而这一次再高明的医术也无力回天了。

骨瘦如柴的朱自清，即便对陈竹隐有再多不舍，也是徒劳了。

他终离开了这个世界。

伤心欲绝的陈竹隐，用笔墨和着泪水写下了如此祭文：

呜呼佩弦，中道惨殂，生者何堪，死者何苦。儿女天涯，散而难聚，稚子无知，依依索父。呜呼佩弦，相从迄今，一十七年。甘苦患难，历久弥坚。方期白首，共证前缘，如何撒手，永别人天。忆君平生，肝胆相照，忠怒廉直，热肠古道，哀哉斯人，天胡不吊，摧我琴瑟，丧我先导。值君之幼，奔走四方，及君既长，诸苦备尝，家道艰度，锐身独当，尽瘁学术，竟以病璐。呜呼佩弦，秋风涣决，愁思茫茫，楚些有恨，韭稼无常，东南西北，魂兮何往，诚其可通，来格来尝。呜呼哀哉！尚飨！

也许是注定在世的缘浅，他们从相恋到结婚，从结婚到生死离别，在一起相守不过短短十几年的光阴而已。然而，这十几年的夫妻情分，却比有些在一起几十年的来得情深意长。

自他去世后，她一直善待他所有的孩子。曾经他的大儿子在生活最困难的时候，她缺衣短食也要每月给他寄去 30 元钱，而那时她不过一个月 60 元的工资。

而后来的岁月，她全部的闲暇时光，都用来整理他的书稿。

这一生，她为他付出甚多，不过全是甘心情愿的。

想十几年的短暂岁月里，他的眼里从无其他风景，而她的心里也未曾装过任何别人。这样的婚姻，放在如今依然是如高山仰止般令人艳羡的。

相爱是肯给对方看自己的灵魂

鲁迅 & 许广平

世上总有为爱勇敢至奋不顾身的女子，却鲜有可同等相匹配的男子。

因而，这世上便多了些痴情怨女，冷暖自知地爱着。

幸好，许广平不是其中之一，她的奋不顾身得到了他的一生相守。

相爱并不是有勇气和热情就够了，还要有共同的追求与信仰。

因为，爱是件交付灵魂的事。

最美情话

◎“我也当平心和气，度过预定的时光，不使小刺猬忧虑。”

◎“你中毒太深了，我课堂上讲的这个故事你太理解了……我可以爱，你胜利了。”

◎“广平兄：依我想，早该得到你的来信了，然而还没有……”

◎“我对于名誉、地位，什么都不要，只要枭蛇鬼怪够了。”

◎“此地四无人烟，图书馆中书籍不多，常在一处的人，又都是‘面笑心不笑’，无话可谈，真是无聊之至。海水浴倒是很近便，但我多年没有凫水了；又想，倘使害马在这里，恐怕一定不赞成我这种举动，所以没有去洗……”

◎“十年携手共艰危，以沫相濡亦可哀。聊借画图怡倦眼，此中甘苦两心知。”

◎“忘记我，过好自己的生活！”

他和她的爱情

一世情缘，两地书

在那个思想还不开放的动荡岁月里，大部分人的婚姻是没有爱情可言的，鲁迅也不例外。在他青年时期，在母亲包办下有了妻。这样的婚姻，对他而言是一种枷锁，无爱的生活，让他找不到感情上的依托。就在他对这种生活已经麻木，并且以为自己会这样度过一生时，她闯入他的世界，扰乱了他的平静的生活，并且在她的猛烈追击下，他还惶恐不安，欲罢不能着。

她是他的学生，在 1923 年大学二年级时开始听他讲课。开学第一天，她即对他这位写小说赫赫有名的先生有了异样的好感。对于爱情，她特别勇敢，绝不是那种忸怩的姑娘。所以，她大胆地追求了她的爱，明知道他有一个媒妁之言的妻子，还是勇敢地遵循了内心的想法，给他写了信，更勇敢地将自己写给他的情书直接刊登在报纸上。

他热烈地回应着她的来信，由此有了那些充满着“小鬼”、“害马”、“枭蛇鬼怪”等可爱昵称——温暖的《两地书》。在他们的书信里，其细微之处，也给我们还原了一个痴情的大师温存的另一面。

正应了那句，所有的知识分子都是需要爱情的，刚硬冷峻的他也不例外，看他回应她的那些绵细如锦的文字就可知。

在守旧者的讥讽和反对声中，在她“不自量也罢，不相当也罢，合法也罢，不合法也罢，这都与我不相干”的铿锵有力的声音中，他接受了她的爱。他们赢得了爱情的最终胜利，他们一同携手到了上海，开始了共同的生活。

那一年，他四十六岁，她才二十八岁。

如同他们的爱情一般，婚后的他和她的感情也是超于一般夫妻之上的。她曾说过：“我自己之于他，与其说是夫妇的关系，倒不如说不自觉地还时刻保持着一种师生之谊。这说法，我以为是更妥切的。”正是基于这一点，在后来的日夕相处里，她仍将他待为自己的严师，从生活的点滴里细细去发现他的伟大，不断地向着他学习，学习他的待人接物，他的为人处世，景仰他的不避锋芒、为民献身的高贵精神……

一旦爱里有了崇拜，也就有了恒久。

在他们的婚姻生活里，她不仅是一个出色的家庭主妇，还是一位最得力的工作助手。他们的爱情，由此基于一种朴实无华，又真挚自然，如同一袭清新的花，摇曳在他们的婚姻生活里。

对于她的照料和陪伴，他是感动的，相识十年，他专门购得上海有正书局翻造本的《芥子园画谱》三集，赠予她，并深情地题诗道：

十年携手共艰危，以沫相濡亦可哀；

聊借画图怡倦眼，此中甘苦两心知。

只是，不久他病逝。

十年后，她写了一篇《十周年祭》，于文字了祭奠他们曾经的深情：

鸣呼先生，十载恩情，毕生知遇，提携体贴，抚盲督注。有如慈母，或肖严父，师长丈夫，融而为一。鸣呼先生，谁谓荼苦，或甘如饴，唯我寸心，先生庶知。

这一诗一文间，道出的是他们的相爱相知，生死难忘，亦是他们《两地书》的延续！

一世情缘，两地书，诠释的全是他们爱着的美好。

（一）遇见是一切缘分的开始

她和他相遇，是在北京女子高等师范学校。

那是 1923 年的秋天，他应好友许寿裳之邀到北京女子高等师范学校（1924 年更名为北京女子师范大学）任教。

她是一个世家闺秀，来自广东，正就读于该校。因为身材高大的缘故，每每上课都是坐在第一排，然而，他对这位并非美女的广东女孩，并没有留下很深的印象。对他，因为景仰的缘故，初见时她就是印象深刻的，多年后她有这样的回忆："突然，一个黑影子投进教室来了，首先惹人注意的便是他那大约有两寸长的头发，粗而且硬，笔挺的竖立著，真当得'怒发冲冠'的一个'冲'字。一向以为这句话有点夸大，看到了这，也就恍然大悟了。褪色的暗绿夹袍，褪色的黑马褂，差不多打成一片。手弯上，衣身上许多补钉，则炫着异样的新鲜色彩，好似特制的花纹。皮鞋的四周也满是补钉。人又鹘落，常从讲坛跳上跳下，因此两膝盖的大补钉，也遮盖不住了。一句话说完：一团的黑。那补钉呢，就是黑夜的星星，特别熠眼耀人。小姐们哗笑了！‘怪物，有似出丧时那乞丐的头儿。’也许有人这么想。讲授功课，在迅速的进行。当那笑声还没有停止的一刹那，人们不知为什么全都肃然了。没有一个人逃课，也没有一个人在听讲之外，拿出什么东西来偷偷做。钟声刚止，还来不及包围著请教，人不见了，那真是‘神龙见首不见尾’。许久许久，同学们醒过来了，那是初春的和风，新从冰冷的世间吹拂着人们，阴森森中感到一丝丝的暖气。不约而同的大家吐了一口气回转过来了。”

有太多的女子的爱情，来自于景仰，来自于崇拜了。

她的爱情，就是来自于对他的景仰和崇拜。

在他们师生关系延续了一年多后，在1925年的3月，她开始写信给他：“苦闷之果是最难尝的……而苦闷则总比爱人还来得亲切，总时刻地不招即来，挥之不去。先生！有什么法子在苦药中加点糖分？现在的青年的确一日日的堕入九层地狱了！或者我也是其中之一。……先生！我现在希望你把果决的心意缓和一点，能够拯拔得一个灵魂就先拯拔一个！先生呀！他是如何的‘惶急待命之至’！”

没想到，他很快回信了，并且超乎她的预料，还是洋洋洒洒两千字之多的回复。在信里，他像个久违的老友，或者热心的长兄，道出了自己是如何“在这世上混过去”的，探讨了关于学校和社会黑暗的问题，提到了人生的两大难关——歧路和穷途。不过，在收到回信的欢喜里，她有了诚惶诚恐，这是因为在这封信里她看到了他对自己的称呼——“广平兄”。她觉得自己愧不敢接受这称呼，于是回复了自己的疑问：“当我拆开信封，看见笺面第一行上，贱名之下竟紧接着一个‘兄’字，先生，请原谅我太愚小了，我值得而且敢当为‘兄’么？不，不，决无此勇气和斗胆的。”

他看后，耐心地讲了自己用“兄”字的含义。原来，他在给老朋友、旧同学或者他的学生们写信时，都是称对方为“兄”的，是为了显得亲切些，而并不含有任何“哥哥”的意思。所以，让她大可不必“一见而大惊力争”。

看此，她才释怀，并对他的景仰更深一层，另外，在他的面前更显露了自己活泼调皮的一面。她会在信中自称为“小鬼”，言说着“先生写两个‘山’字那小鬼也不去，烧符也没用，先生还是没奈何的破费点光阴吧！”而他，是甘愿为这个小鬼破费光阴的，他不但以极其高的频率和她通信，还时常为她寄去《语丝》、《现代评论》等刊物，指导她写文章，还替她在自己主编的《莽原》上发表。

调皮黏着他的小鬼，由此“在寂寞的空气里，不知不觉地发生微笑”。

爱情也在这微笑里，滋生蔓延开来。

就如她自己说过的：爱情的滋生，是漠漠混混、不知不觉的，不晓得怎么一来彼此爱上了。

（二） 都曾是爱情里有伤的人

在认识她之前，他生命中有两个女子镌刻于心。

第一个是他的表妹。

小时在外祖母家，他常常和这位表妹一起玩耍，是被家人认可的一对青梅竹马。两家的父母也很乐意结这门亲事，可是就在提亲之际，他们在合八字的时候却出了问题。据说，她的属相完全和他的相冲，并且严重到结婚后会克死自己的丈夫。

这一下，可吓坏了他的母亲，她是无论如何也不敢再提这门亲事了。而表妹的父母见周家迟迟不再提亲，无奈之下只能将自己的女儿另许别家了。可惜的是，没过多久，这位女子就含恨病死，临死时她对服侍自己的老妈妈道出了缘由：“周家明明是来议过亲事的，怎么后来又不提了呢？

我到死也忘不了这件事。”

因为爱而不得，女子多过不去自己那一关。

他们，终成了阴阳相隔的两个人。这之后，年纪尚轻的他，在郁郁寡欢里将全部心思都付诸于学习了，很快便以优异的成绩毕业，并获得了公费留学日本的资格，踏上了异国求学的道路。

就在他出国之前，他的母亲竟未得到他的同意就擅自做主为他定下了一门亲事。在爱情的失去里，他有了万分的不满，多次要求母亲退婚，然而母亲固执，丝毫不理会他的抗议，反而多次催促他赶紧回国完婚，最后还生了这样的一计：给远在日本的他发了一封写有“母病危，速归”的电报。

无奈之下，他急匆匆从日本赶来，却发现家里张灯结彩一派喜气，原来母亲是在给他张罗婚礼。再生气，也抵不过一个孝子的服从，他最后还是放弃所有想法跟一个未曾谋面的女子结了婚。这个女子，就是朱安。

朱安，也是不幸的女子。在他们婚后第三天，他便急匆匆离家回到了日本。而在此后的几十年里，他即便回来同她住一个院子，也未曾同房过，他们始终只是名义上的夫妻而已，而她做足了一辈的“活寡妇”。

她不是不好，只是不能入了他爱情的心。多年里，她始终是一个他们周家贤良的妻。对周家，她尽到了一个主妇的责任，将他的母亲服侍得很好，将他们一大家子的生活也打理得井井有条。不过，于他，始终是母亲强加给自己的一件不甚美好的礼物，他对她也就只有“对于她，我只有赡养的义务，爱情是我所不知道的”。

是的，他无论如何都做不到爱她。

他也明白她的无辜及苦，然而爱情是无法用同情来换给的。所以，很多时候，他待她真是冷酷。他尽可能地避免和她有任何接触，也很少同她直接说话。曾经，朱安给他做过一条棉裤，他早上出门没注意就穿上了，结果知道了这是朱安做的，竟二话不说脱下来丢到了门外，再也不穿。

这样的委屈，让朱安道出了悲凉：“我好比一只蜗牛，从墙根一点一点地往上爬，虽然爬得慢，但我相信总有一天会爬到墙顶的，现在我没有办法了，我没有力量爬了。”

而这样的他，渐渐在内心长出坚硬的痂，难看却固执地让它将自己包裹起来；他的爱情的心海里也渐渐失去了水分，成了一片荒瘠的沙漠。

在他经过了近二十年的孤寂之后，有一条清澈的溪流涌入了他的心海。

这股溪流，还不是她许广平，而是一个叫马珏的校花。

马珏极美，被誉为北大的校花，颀长的身条，清丽的面容，很是吸引人。他们的交集，是从马珏十五岁写的那篇《初见鲁迅先生》的文章开始的。只是他们的缘分还是浅的，隔着了许多的岁月，也隔着了许多的无法跨越的人情世故。马珏的父亲是马裕藻，是跟他一起在北大任教的同事，平日里关系走得还蛮近。这样的两人，即便有了爱情的心绪，也是会被光阴和人情限制不前的。

即便是这样，马珏在他心中的爱之地位是不可抹去的。在他的日记里曾有着这样的记载：夜，得马珏小姐信。要在心里有了怎样的分量，才会如此牵挂于心并用笔触记录下来呢！不过，对于马珏，他心内再是爱意翻涌，也只仅限于默默的关怀和心内的欣赏而已。在爱里，始终他都是一个内敛的人，做不到主动。这也是，为何后来主动的许广平可以入了他的一颗爱情的心的缘故吧！

有好长一段时间，他们会互通书信，他还会赠书给她。在他心里，她是被揣着呵护着的，得知她生病，他会不安好久。只是，马珏对他产生的感情还不是强烈到非他不可，不久她就嫁人了。不知出于什么缘由，她并没有告诉他，在又一次赠书时，提到她，才从朋友那知道她早已出嫁。他心微凉，说：那就不赠书了吧。

他请朋友处理了那本准备送给马珏的书。此后，他们再没有联络过。

这一次，爱错，应该是受了不小的伤的吧！

而许广平，在与他相逢之前，也有过一段伤痕累累的爱情。她曾和同乡兼表亲的李小辉相爱。李小辉本来是打算去法国勤工俭学，因为错过了考期，便进了有她在的北京大学。在一段短暂的相处里，两人的感情有了质的飞跃。只是，没多久许广平不幸传染上了猩红热，李小辉因为经常来探视她，自己也被传染上了。结果却是令人悲伤不已的，许广平得以痊愈，他却不治身亡。

这个意外的噩耗，在某一阶段几乎击垮了她。这是她的初恋，也是她第一次勇敢地追求婚姻自由获得的爱情，然而却这般仓促地幻灭。由此，她陷入一种无法自拔的伤痛中，好长好长时间无法走出。

时隔十八年，她还有着这样的回忆："到了第十八年纪念的今天，也许辉的家里早已忘了他罢？然而每到此时此际，霞的怆痛，就像那患骨节酸痛者的遇到节气一样，自然会敏感到记忆到的，因为它曾经摧毁了一个处女纯净的心，永远没有苏转。"

也许，正是这样两个在爱里有伤的人，他们的灵魂才可以彼此抚慰，进而迸出激烈的爱之火花吧！

（三）两地书，一世情

从 1925 年 3 月第一封信开始，到 7 月间，他们之间已通信达四十余封。

在信里，流淌着的共同的理想和信念中，他们之间爱情的火花渐渐迸发直至绽放妖娆。终于，在许广平《风子是我的爱》的誓言里："不自量也罢，不相当也罢，合法也罢，不合法也罢，这都与我不相干！"他们携手在一起，决定走完这不短也不长的人生。

那是 1927 年 10 月 3 日，她和他同到了上海，结束两地书的牵挂，开始了共同的生活。为了表示对朱安的尊重，她亲自将"与许广平女士以爱情结合终成伴侣"改换成了"与许广平同居"6 个字。

而那一年，他已四十六岁，她仅仅二十八岁。

但是年龄的跨度，不是爱情的障碍，真正的爱情可以超越一切，包括年龄，包括家庭，包括金钱。

婚后的日子，真美好。

她是他的妻，也是他的学生，更是她的良善的贤内助。他们的感情，超于一般夫妻之上；她仍视他为严师，崇拜着、景仰着；在他们共同生活的日子里，恰逢他正被国民党反动派通缉与迫害。为了他的写作，她这个出色的助手是千方百计地为他查找资料和参考书籍。她成了他第一个读者和批评者；她为他抄稿，与他共同校对；他重要的谈话，她会留意记录和整理，以便编辑成书；对于他的文稿，她更是小心翼翼地保管着，哪怕是弃之的片页，她也会刻意保存下来。

除了此，她还是个特别出色的主妇。

为了免他受干扰，她无微不至地照料他的生活、起居、饮食；为了不浪费他有限的收入，她精打细算，亲自做棉鞋、缝制衣服，若有客来，她还会亲自下厨。她的体贴，曾让他向人如此感慨："现在换衣服也不晓得到什么地方拿了。"

该有多幸福，才会如此炫耀地感慨给友人？尤其是他这样一个含蓄的人。

生活的情调，仍是有的。在某些晚饭过后，他们会不立即工作，而是关掉灯，坐在屋子里，借着灰黄的路灯投射过来的光亮，相对聊天。或者，他据案写作，她则坐在边上看报或者做手工，稍感疲倦时，便放下手头的事儿，一边饮茶，一边聊天，或者吃些零食。再有，他们或会选择去外面散步，或一起看画展，抑或去看场电影。并且，为了照顾她的近视，他还会刻意地每次都买最好的座位。

最好的婚姻，就是这种状态了吧。不要什么起起伏伏、惊天动地，唯要这种相濡以沫，共闻花香的小日子。

多美好！

最美好的事情，是他们的儿子海婴的出生。

对他而言，也是老来得子了，这欢喜应胜过人生里任何一次喜悦。

那日，当她感应到阵阵腹痛，年近五十的他不顾因过度劳累而有些许发热的身体，赶紧把她送到医院。当中颇有曲折，她是难产，当医生征求他的意见是留小孩还是留大人时，他毫不犹豫地说留大人。所幸，在经历了二十七八个小时的阵痛后，孩子和大人皆平安。他觉得是这样的幸运，第二天，他便满面欢喜地拿着一棵小巧玲珑的松树来到医院，把小松树轻轻地放在了她床边的小桌子上。

翠绿、苍劲、孤傲、沉郁，素来是形容松树的，这一次他用来象征着自己的性格，又象征着刚刚降生的新生命，还象征着他们这个家庭新生活的开始。

他为他起名海婴，因为爱，倒也没掺入任何寓意，只为起个名字，若是他大了不喜欢可以根据自己的喜欢来更改。

于他们相识十年里，他为她写下：

十年携手共艰危，以沫相濡亦可哀。

聊借画图怡倦眼，此中甘苦两心知。

只是，幸福的日子太短了。1936 年 10 月 16 日清晨，他彻底长眠于上海。这一年，她才三十八岁，而小海婴仅仅七岁而已。

许多过往，成追忆，再难寻。

他们从相识相恋，到共同生活的点点滴滴，也全然体现在了名曰《两地书》的文字里，也诠释了他们的一世情缘种种。

尾语：

1936年10月19日，这是他生命的最后时刻，他紧紧握住她的手，同她不舍诀别："忘记我，过好自己的生活！"这是他留给她的最后遗言。

于悲痛中，她为他写了一首挽词：

鲁迅夫子：

悲哀的雾围笼罩了一切。

我们对你的死，有什么话说！

你曾对我说：

"我好象一只牛，

吃的是草，

挤出的是牛奶，血。"

你"不晓得什么是休息，

什么是娱乐"。

死的前一日还在执笔。

如今……

希望我们大众

锲而不舍。跟着你的足迹！

深爱他，视他为天为地的她，断然做不到“忘了我，过好自己的生活”。而是笃定地——“等我终于整理了你的书稿，终于养大了海婴，便也来寻那安静的去处。”所以，在他去世后，她克服了重重困难，不遗余力地保护着他的著作，甚而因为此遭受了日本宪兵队两个多月的酷刑。

曾经，他在逝世的前一年对自己的文学创作有着这样的总结：我从在《新青年》上写《随感录》起，到写这集子（《且介亭杂文二集》）里的最末一篇止，共历十八年，单是杂感，约有八十万字。后九年的所写比前九年多两倍；而在这后九年中，近三年所写的字数，等于前六年。

是的。在他最后的灿烂成就里，她是功不可没的。

所以才有人说：“他若是一株橡树，她便是近他旁的一株木棉！”

而那一本流传于世的《两地书》，更是让我们看到了一代文豪，在生命的最后十年里幸而有她，才享有了让人万千艳羡的爱情盛宴。